Du même auteur

Romans

Au nom du Saint-Esprit, je vous dis …
L'Arche des Temps Nouveaux
Folie de l'Homme ou Dessein de Dieu
Le Tiraillement
L'enfant bonheur
Suis-moi (tomes 1 et 2)
L'inflexible loi du destin (tomes 1 et 2)
À la croisée des destins
L'Univers de Kûrhasm (tomes 1 et 2)
Le chevalier de la Lumière
Quand le doigt de Dieu …
La légende de Thâram (tomes 1 et 2)
Henri-Louis de Vazéac
Il la regarda et...

Essais

La destinée de l'homme ...
L'islam tisse sa trame en Occident

Poésies

Murmures de mon âme
Envolée métaphysique

Scénario de film

Magnesia

Le Tiraillement

Je me consacre à l'écriture depuis 2002, après avoir rédigé plusieurs ouvrages entre 1990 et cette date. Mes écrits ont un même fil conducteur spirituel, reflet de l'inaltérable foi en Dieu animant mon cœur. Ce qui m'a conduit à écrire, parfois, des histoires insolites et à devenir un auteur difficile à classer dans un genre.

ISBN : 978-2-3224-7237-6

Site internet : www.atypical-autoedition.com

François de Calielli

Le Tiraillement

Chapitre 1

La magie du charme

Dans la salle pleine de monde, la conférencière exposait son point de vue sur l'ordre intelligent régissant l'Univers. Elle pouvait discourir à son gré, étant donné l'absence de repères scientifiques sur ces sujets. Tandis qu'elle tentait de répondre aux questions, plus ou moins pertinentes des participants, Florian observait surtout la femme ; une échappatoire inconsciente qui le coupait d'un propos manquant, selon lui, d'inspiration. L'antinomie de leurs convictions venait de ce qu'il plongeait dans cet ésotérisme depuis trente ans environ. Il s'étonnait, d'ailleurs, qu'un docteur en psychologie trouvât intérêt à débattre de spiritualité, étant femme de science et, de ce fait, formée aux postulats rationalistes.

Toutefois, son intuition lui soufflait qu'une âme digne d'intérêt habitait le corps de cette personne. Recevant régulièrement des messages du Cosmique – une exceptionnelle et merveilleuse grâce –, il posait en général un regard critique sur les avis spirituels des uns et des autres ; bien qu'il n'adoptait jamais une attitude imbue. D'ailleurs, en serviteur de l'Amour, il s'appliquait à traiter ses semblables avec respect, tolérance et humilité. Par conséquent, son présent désaccord avec les affirmations de cette charmante oratrice ne l'amènerait guère à l'apostropher ou à polémiquer.

Il repensa à l'étrange poussée qui l'avait incité à venir à cette conférence après la lecture d'une publicité ramassée par hasard sur le comptoir du magasin de diététique de son quartier. Le thème développé était de ceux qui, d'ordinaire, suscitaient son intérêt. Tirant celle-ci de la poche de sa veste, il s'attarda sur l'identité de l'intervenante – Docteur Mélissandre Tizières-Hattinger – tout en guettant les suggestions de son être intérieur.

Élancée, les yeux clairs, un visage aux linéaments harmonieux qu'un beau sourire venait illuminer, elle ne manquait guère de féminité. Elle semblait se plaire à jouer de sa grâce. Florian s'amusait en lui-même de cette vénus appétée par les regards admiratifs des hommes face à elle ; il subodorait aussi que les femmes l'enviaient. La voix au timbre sensuel et la rhétorique plutôt ciselée ajoutaient du panache à cette superbe. Il observait d'un œil conciliant les expressions et les postures de cette conférencière avec le désir inconscient d'y déceler des lacunes.

Il s'étonnait néanmoins d'être encore assis là à l'écouter, comme elle développait des concepts auxquels il n'adhérait que partiellement. D'ailleurs, il avait failli se lever discrètement à plusieurs reprises pour quitter la salle. La crainte que d'autres personnes lui emboîtassent le pas et que cela pût déstabiliser cette ravissante cicéronienne l'avait dissuadé d'aller au bout de son intention. Sa petite voix lui soufflait qu'une âme sensible habitait cette Mélissandre T.H.

La même force, qui s'était ingéniée à le pousser vers ce lieu, semblait le priver soudain de tout libre arbitre et à l'isoler dans une sorte de bulle du reste de l'assistance. À la fin de la conférence, il demeura avachi sur sa chaise tout en regardant la belle conférencière en train de discuter avec plusieurs participants pendant qu'elle rangeait documents et supports dans un sac tendance et visiblement de grande marque. Ces derniers partis, il la vit s'entretenir avec un homme. Les petits gestes affectifs indiquaient qu'il s'agissait d'un intime ; un fait qui ne le contrariait guère. Il n'envisageait pas de la courtiser, mais de parler seulement avec elle en vue de la gratifier de ses propres connaissances spirituelles. La salle étant à présent vide, il se leva et respira profondément, soucieux d'évacuer ainsi une légère appréhension.

Peut-être allait-elle l'éconduire avec une remarque cinglante ou faussement amène. Tandis qu'elle s'apprêtait à traverser la salle, son sac en bandoulière sur l'épaule, elle posa sur lui un regard souriant dans lequel il perçut un charmant étonnement qui le subjugua et l'engagea à effectuer sa part de chemin vers elle.

- J'attendais votre pleine disponibilité pour vous parler, dit-il d'une voix posée.
- Les participants sont partis depuis un bon moment, rétorqua-t-elle abruptement.
- Certes, mais votre pensée était encore trop occupée.
- Ainsi, vous lisez dans les pensées d'autrui !
- Disons plutôt que j'ai la chance de posséder une bonne intuition. Mais permettez-moi de me présenter : Florian R. Fickley.
- Enchanté, Monsieur Fickley.
- Sur le programme de la conférence, j'ai vu que vous vous prénommez Mélissandre. Je trouve que ce prénom vous sied à merveille.
- Merci pour le compliment. Et ... pourquoi me sied-il à merveille selon vous ?
- Il est beau et pas commun ... comme vous de prime abord. Excusez ma curiosité. Auriez-vous des origines germaniques ?
- Tout à fait. Ma mère est allemande, de Hanovre plus exactement. Et vous ? R. Fickley, ça fait très américain.
- En vérité, je suis un medley franco-italo-américain.
- Que signifie le R ?
- Robin ... en souvenir de mon grand-père. Quant à Florian, c'est un prénom désuet que ma chère mère a dû trouver dans une de ses lectures anciennes comme elle aimait aussi les

vieilles pierres, les vieux livres, les meubles d'époque … enfin tout ce qui lui rappelait sans doute ses vies passées.

- Franchement, ce prénom ne m'apparaît pas démodé. Bon, vous disiez avoir attendu ma pleine disponibilité pour me parler …

- Dans le but de relater surtout le contenu de votre conférence ; mais il serait mieux d'en discuter ailleurs. Je connais un pub …

- Ça ne sera pas possible, Monsieur Fickley. J'ai un avion dans une heure quinze exactement. D'ailleurs, il me faut y aller si je ne veux pas me retrouver sur la liste d'attente ... ce dont j'ai une sainte horreur.

- Alors, permettez-moi de vous conduire à l'aéroport ; ma voiture est garée tout près d'ici. Nous pourrions ainsi profiter du chemin pour faire connaissance.

- Votre intérêt me touche, mais je préfère prendre un taxi. Après chaque conférence, j'aime réfléchir et retranscrire les réflexions des participants. Cela me sert ensuite à peaufiner mon discours, voyez-vous.

- Perfectionniste à ce que je vois.

- Disons que je respecte les personnes qui viennent m'écouter en essayant de leur faire un exposé fondé.

- Fondé !

- Oui, je comprends tout à fait ce que vous essayez d'insinuer.

- Vous semblez avoir une pensée effervescente, Docteur.

- Je vous en laisse juge, répliqua-t-elle en souriant.

- Le hasard est une conviction athée, lança-t-il sur un ton courtois, mais ferme.

Le regard bleu, teinté de gris, de cette dernière se fit soudainement inquisiteur.

- Il m'apparaît, en l'occurrence, que vous l'avez provoqué.

Une remarque incisive qui ne décontenança point Florian.

- En apparence seulement, car ma présence à votre conférence n'en est pas vraiment un.

- Là, vous piquez ma curiosité, Monsieur Fickley. Bien, j'accepte votre proposition.

En route vers l'aéroport, il lui expliqua que le thème de son exposé l'avait incité à y venir, puis qu'une présentation plutôt ésotérique, et contraire à ses convictions, l'avait forcé à dominer une grande envie de quitter la salle. Sa petite voix intérieure avait en effet dissuadé cette intention, comme s'il fût un but caché au-delà de cette conférence. Elle voulut avoir des précisions sur cette fameuse dichotomie spirituelle entre eux, mais il argua qu'une question aussi dense et hermétique, de surcroît, méritait un débat plus approfondi. En vérité, il répugnait à heurter la susceptibilité de sa passagère. Il ne souhaitait pas, non plus, dévoiler la provenance de ses connaissances en la matière ; une nécessité, pourtant, pour qu'elle en vînt à accepter sa modeste instruction. Cette transmission imposait cependant une écoute attentive et dans une attitude d'esprit tranquille, voire positive. De son côté, elle se demandait pourquoi il avait tant insisté pour la conduire à l'aéroport ; puisqu'il refusait de débattre de ce supposé différend. Elle l'entraîna ensuite sur le terrain de ce hasard dont il avait laissé entendre qu'il recelait un impératif occulte. Il lui confia qu'il s'était senti étrangement contraint à demeurer assis. Il précisa aussi sa réticence à argumenter sur ces notions spirituelles tout en conduisant. Au risque de la décevoir, il n'épilogua pas, de même, sur le caractère éventuellement non fortuit de cette rencontre. Il refusait de s'ériger en devin ou prophète. Par ailleurs, en s'abstenant de donner son sentiment intérieur, il s'évitait de discourir sur sa particularité. Un long silence s'installa durant lequel chacun s'isola dans son petit monde.

La voiture garée sur le grand parking de l'aéroport, il se retrouva à suivre une femme plus préoccupée par son avion que par la magie de l'instant ; un élément qui ne troubla guère, néanmoins, sa bonne humeur. Aussi prit-il cette situation inconfortable avec calme tout en pensant qu'il eût été plus avisé de la déposer courtoisement et de s'en remettre ensuite à la sagesse de la Providence. Constatant sur l'un des multiples écrans vidéo que son avion décollait dans trente-cinq minutes à peine, elle l'entraîna avec empressement vers le comptoir d'enregistrement de sa destination où s'étirait déjà une importante file d'attente.

- Je pensais que nous aurions le temps de boire un verre tout en débattant sur nos points de vue mutuels, lança-t-il en souriant. Certes, nous n'aurions pu que les survoler.
- Je regrette moi aussi cette conversation sur un sujet juste ébauché.
- Pardon de vous avoir déçue.
- N'espérant rien de précis, je ne peux être déçue, dit-elle sur un ton presque confidentiel.
- Il était sûrement écrit que nous devions nous séparer sans nous connaître. Je sais seulement que vous êtes docteur en psychologie et vous m'avez donné à constater votre talent d'oratrice.
- Que faites-vous dans la vie, Monsieur Fickley ? Pardonnez ce style plutôt direct.
- Humble serviteur de Dieu.
Le regard de Mélissandre se fit inquisiteur.
- À dire vrai, je ne vous voyais pas dans le sacerdoce. D'ailleurs, vous n'avez pas l'air d'un ecclésiastique.
- Vous vous méprenez, objecta-t-il d'une voix aimable. Car je ne suis pas dans les ordres.
- Servir Dieu est en général une cause religieuse. Comment le servez-vous alors ?
- Il m'est difficile de vous l'expliquer de cette façon.
- L'endroit et le moment ne se prêtent guère à ce type de confidence, précisa-t-elle.

- Votre perspicacité est imparable, Docteur.
- Flatterie rime avec moquerie, lança-t-elle.

Ses yeux clairs aux belles nuances le dévisageaient. Il se retrancha, quant à lui, dans un silence stratégique.

- Soyez le serviteur de qui vous voudrez, Monsieur Fickley, lâcha-t-elle narquoisement.

- Allons, je plaisantais. J'observe que votre humour n'est pas à la hauteur de votre charme.

Elle lui fit un sourire enjôleur.

- Que faites-vous dans la vie alors ? S'enquit-elle.

- Mais ce que je vous ai dit. Je faisais seulement allusion à ma réflexion sur votre perspicacité.

- En tout cas, me concernant, votre opinion est erronée. La psy en moi trouverait intéressant de percer l'être caché en vous, objecta-t-elle avec un joli pétillement dans le regard.

Il se sentit envahi par l'irrésistible magnétisme de cette femme.

- Votre personnalité m'intrigue également.

Avec diplomatie et sous le prétexte d'une affaire urgente à régler, il interrompit ce petit échange. En outre, il pensait opportun de la laisser sur une interrogation, voire une attente. Ne craignait-il pas inconsciemment d'affronter la réalité, d'apprendre qu'elle était une femme comblée, une mère pressée de retrouver sa progéniture de retour au bercail et qu'il n'y avait donc pas le moindre espace pour une relation, eût-elle un caractère amical ? Cette Aglaë croisait-elle plutôt sa route pour tenter son cœur en quête d'Amour et, en définitive, l'éloigner de son chemin ? Il n'aspirait pas à rencontrer son alter ego en vue d'une vie de couple, même merveilleuse, puis de devenir un bon père de famille ou un docile acteur du système. Il lui tendit le bristol où il venait de griffonner, d'une main calme, son nom et ses coordonnées téléphoniques. Elle le prit tout en spécifiant qu'elle préférait, pour sa part, s'en remettre au hasard. « Cela authentifierait la vérité d'un ordre occulte derrière cet événement », ajouta-t-elle. Il sentit qu'elle attendait qu'il l'éclairât à ce propos. Or il se contenta de sourire. Qu'elle se fît en quelque sorte l'écho du Ciel le rendit perplexe. Il l'embrassa amicalement et se sauva.

Assise sur un des sièges de la salle d'embarquement, Mélissandre sortit de sa poche le bout de papier cartonné de Florian. S'appesantissant sur l'élégant graphisme de l'écriture, elle tenta d'y déceler la personnalité de ce prétendu serviteur de Dieu … et comme envoyé sur sa route. Elle y cherchait instinctivement l'inspiration de cette particularité qu'il semblait s'être plu à lancer *ex abrupto*. Puis elle repensa aux banalités de leur conversation à l'emporte-pièce. Certes, les rets du charme l'avaient délicieusement emprisonnée durant ce moment impromptu. Son moi raisonnable l'éveilla toutefois au danger de ce doux émoi. Elle ne comptait pas, d'ailleurs, souscrire au désir de sa nature romantique et se laisser entraîner, par elle, dans une histoire sans issue. Elle enregistra le numéro de ce Florian R. Fickley dans le répertoire de son téléphone et déchira distraitement le bristol, tandis que l'hôtesse annonçait l'embarquement immédiat des passagers à destination de Genève. Aux prises avec sa trépidante existence, ce petit moment de lumière ne résisterait pas aux ténèbres du matérialisme et elle ne garderait probablement que le souvenir de la personnalité attirante de cet homme dévoué à une cause forçant au célibat.

Chapitre 2

Les prémices d'un désir

-1-

Les premières semaines, Florian s'était ressouvenu de ce moment où le subtil, le non-dit, avaient tendu à reléguer l'exprimé au second plan. D'autant que chacun avait cultivé la discrétion comme s'il avait fallu qu'il ne leur restât que la souvenance d'une rencontre sans suite et qu'ils en vinssent donc à se désintéresser l'un de l'autre. Pour sa part, il n'avait pas l'impression de s'être complu dans le mystère, mais d'avoir, au contraire, levé un bout de voile sur sa singularité. Son tempérament l'incitant en général à la discrétion, il ne se serait pas, de toute façon, raconté au cours d'un échange entre deux portes. Il s'agissait de surcroît d'une condition de vie qu'il ne pouvait confier à quiconque, n'ayant pas le moindre statut religieux. D'ailleurs, il ne connaissait qu'en substance ce devoir spirituel dont il avait été investi au fil de ses méditations. Une mission qu'il trouvait merveilleux d'avoir à accomplir tout en demeurant inquiet, parfois, sur sa capacité à la réussir. S'il n'était pas du genre à déblatérer inutilement, et moins encore au pied levé, sur des sujets aussi sérieux qu'hermétiques, il débattrait bien avec cette Mélissandre T.H. des zones d'ombre qu'il avait détectées dans son propos spirituel. Selon lui, elle tenait son savoir de lectures intelligemment synthétisées par lesquelles elle s'était forgé une conviction qu'elle pensait éclairante pour des semblables en attente de lumière et de vérité. Il ne l'associait pas néanmoins à la clique des gourous prétentieux et se croyant chargés d'apostoliser le monde via leurs concepts aléatoires.

D'une nature très intègre, il s'interdisait d'enseigner autrui à l'aide d'un salmigondis psycho-ésotérique et de se fabriquer ainsi un charisme en abusant les personnes crédules et dénuées de discernement spirituel. Il déplorait que la matière spirituelle fût désormais le lieu d'un vaste mercantilisme, les marchands de toutes sortes n'ayant à cœur que l'appât du gain. Souvent, il bouillait au fond de lui en parcourant la littérature absurde d'auteurs ne désirant, de son point de vue, qu'empocher un juteux bénéfice. Il espérait que l'humanité en viendrait à faire preuve d'une plus grande responsabilité spirituelle et, donc, à évoluer.

Cinq mois étaient passés depuis cette rencontre, magie de l'impromptu, et Mélissandre n'avait pas daigné lui téléphoner ... fût-ce par simple courtoisie. Il s'étonnait aussi de son manque de curiosité, une inclination pourtant typiquement féminine. Visiblement, celle-ci ne la poussait pas à le revoir pour entendre les explications qu'il n'avait pu lui donner à l'aéroport. S'il ne la jugeait pas, il regrettait cette attitude ; car elle venait ternir le beau souvenir de leur échange. « L'ego prend plaisir à falsifier l'être vrai », pensa-t-il. Il pressentait l'autre personnalité dissimulée derrière l'apparence pétrie de charme de cette femme. Son moi subjectif lui soufflait, en effet, que l'intérieur de cette dernière rivalisait de beauté avec l'extérieur.

Il ne pouvait s'empêcher de penser à elle tout en critiquant cette espérance, malheureusement, stérile. Outre que son statut de serviteur de Dieu avait jeté un froid, elle devait avoir une vie de femme bien remplie.

-2-

Mélissandre avait fait en sorte d'envoyer cette rencontre au rebut. Courir la prétentaine n'était pas dans son habitude, préférant même la solitude aux aventures sans lendemain ou à une liaison avec un homme marié. Si les propositions après ses conférences, ou lors de ses voyages, ne manquaient pas, l'amour n'avait pas profité de ces occasions pour la surprendre. Quoique sa nature romantique et fleur bleue l'invitait à ne point désespérer. Elle savait concilier, en outre, une nette tendance à l'idéalisation et la nécessité de la réalité terrestre. Elle prenait garde aussi de préserver au mieux son âme des tentations corruptrices de ce monde. Le fait de ne pas être pratiquante ne l'empêchait pas de vivre dans le respect de strictes règles éthiques.

L'image du visage de ce Florian R. Fickley narguait régulièrement sa pensée, perturbant surtout ses séances de méditations. Car elle pratiquait le yoga durant une demi-heure le matin, l'estimant indispensable à une bonne harmonie corps-esprit. En dépit du prosaïsme de leur dialogue, elle gardait le souvenir d'un agréable moment ; un délicieux agrément que son cœur avait pris plaisir à ressasser pendant le voyage du retour vers Genève et le soir ensuite. Or elle pensait difficile d'entretenir une relation, même amicale, avec un homme au style de vie apparemment original. D'autant qu'il lui fallait faire le deuil d'une difficile séparation avec son ami artiste peintre après l'avoir surpris dans leur lit avec un modèle. D'un caractère entier, elle avait alors traité cette trahison avec intransigeance et mis un prompt point final à cette relation. Orgueil de mâle blessé ou tardif sursaut d'amour, son ami s'était regimbé contre cette décision. Peine perdue ! Cet événement l'avait finalement libérée d'un poids pesant. Si elle regrettait de s'être laissée dominer par cet homme égoïste, étant donné les autres événements qui

avaient sonné depuis longtemps le glas de leur couple, elle
considérait son attitude concupiscente avec détachement et pitié.
Fort de cette histoire, elle en était venue à privilégier plus encore
les valeurs authentiques et à fuir autant que possible les
superfluités. De son âme, elle recevait le désir d'un amour
extraordinaire et de sa raison l'appel à plus de réalisme en la
matière. Elle n'avait pas conscience de poursuivre un idéal
intérieur bien éloigné de sa vie présente.

Florian R. Fickley tentait-il d'influencer à distance son
cœur en mal d'amour ? Elle l'imaginait en train de s'y essayer, vu
qu'il avait affiché son statut d'expert de la chose spirituelle. Elle
admettait qu'il émanait de lui un fort magnétisme et que cet
attribut avait tendu à la charmer. D'autre part, il lui était apparu
plutôt sensible et très différent de tous ces machos en quête de
proies faciles, mais aussi de ses ex-compagnons ou des hommes
qu'elle avait côtoyés jusque-là. Cette supposée dévotion à Dieu,
en dehors de tout ministère religieux, était une condition qu'elle
aurait aimée approfondir ; puisqu'il disait ne pas être prêtre, nulle
obligation ne le liait à l'Église et il ne se trouvait guère contraint
d'observer le vœu de chasteté. Repensant à son regard scrutateur,
lors de l'annonce de cette activité insolite, elle se demandait s'il
ne s'était pas amusé à la tester, à guetter sa réaction, voire à
supputer l'authenticité de sa propre foi en Dieu. Peut-être n'avait-
il eu que l'intention, finalement, d'exciter sa curiosité féminine.
Cet homme l'intriguait. D'autant que la psy en elle se passionnait
pour l'investigation sur les personnalités hors du commun. En
l'occurrence, elle craindrait de se brûler les ailes et de se laisser
emprisonner par un nouvel amour impossible. Ses mauvaises
expériences l'engageant à la prudence, elle décida de reléguer son
désir de mieux connaître ce plaisant personnage et d'effacer le
numéro de celui-ci du répertoire de son portable. Ce faisant, elle
privilégiait la voix de la raison tout en protégeant son cœur de la
tentation. En vérité, elle espérait que la Providence veillait sur sa
petite personne.

-3-

Quant à Florian, il entretenait une confiance absolue en l'invisible dessein divin. S'estimant déjà magnifiquement favorisé, il acceptait la contrainte d'une vie drastique. De sa vieille âme aguerrie, il tenait sa foi en un chemin guidé par le Seigneur. Aussi restait-il vigilant envers toute manifestation impromptue sur sa route.

Profondément spirituelle, mais non appelée à pareille exigence de vie, Mélissandre attendait de faire une belle rencontre et, partant, de vivre enfin un merveilleux bonheur. Cet événement tardant à se révéler, elle se demandait souvent si ce rêve n'était pas trop idyllique et si son manque de réalisme ne la condamnait pas à un triste célibat. Pourtant, elle prétendait dans ses conférences : « *Tout un chacun s'incarne ici-bas avec une destinée précise, même si le libre arbitre tend à faire croire en une suite de hasards de la naissance à la mort* ». Une liberté de mouvement qui prouvait, en définitive, l'Amour de Dieu ; car Ce Dernier n'aurait pu doter l'homme d'une belle intelligence et le contraindre à sa Volonté. Concernant sa propre vie, elle mettait en exergue la forte contradiction existant en son cœur.

Chapitre 3

Secrète aspiration de l'âme

-1-

Sept mois s'étaient écoulés depuis ce jour où le « hasard » avait fait se croiser leurs routes.

De retour à Paris pour donner une nouvelle conférence, Mélissandre se sentait étrangement oppressée. Tandis que l'avion atterrissait à Roissy, son cœur et sa raison paraissaient s'affronter, l'un ressuscitant le charme de ce fameux jour que le temps avait, certes, flétri et l'autre l'invitant à considérer l'avenir d'un œil neuf. Elle se mit à regretter, soudain, que Florian ne fût pas dans cette foule de gens amassée derrière la porte des arrivées. Une magie par laquelle elle se serait laissée porter, au risque d'être la proie ensuite d'une amère désillusion. Elle souffrait tant de cette vie solitaire qu'un amour bien drapé pourrait l'entraîner dans un faux merveilleux. Il lui sembla, tout à coup, que l'air de la capitale s'était imprégné d'un effluve subtil dont son âme s'étourdissait. Sa conférence n'ayant lieu qu'à quatorze heures, elle en profita pour flâner au parc Monceau. Puis elle s'installa sur un banc pour rêvasser sous la douce chaleur du soleil vernal.

Une voix à côté d'elle la tira brusquement de sa méditation, celle d'un homme tentant de la courtiser sous couvert d'une discussion anodine. Vu que l'amour du prochain faisait partie de sa philosophie de vie, elle répugna tout d'abord à le rabrouer ; quoique son plus cher désir était de retourner vers sa petite rêverie. Aussi s'en tenait-elle à des réponses laconiques et espérait-elle ainsi faire comprendre à cet inconnu son désintérêt, voire l'amener à se décourager. Comme il insistait, elle se leva impulsivement et elle le planta là tout en regrettant *in petto* ce reniement de ses principes. « *Ceux-ci ne m'obligent en rien à consentir à la stupidité d'autrui* », pensa-t-elle. Cette intrusion avait été bénéfique toutefois, puisque celle-ci l'avait tirée d'une stérile contemplation … un exutoire à sa présente frustration existentielle sous forme d'une espérance de bonheur. Pour éloigner la mélancolie, elle décida de s'adonner à un banal lèche-vitrines. Car elle allait devoir bientôt feindre l'enthousiasme et afficher une joie de vivre artificielle.

-2-

La salle était quasiment pleine. Que tant de gens se donnassent la peine d'assister à sa présentation aux heures de bureau ne manquait jamais d'étonner Mélissandre comme, outre son blog, elle ne faisait paraître qu'une publicité spartiate dans deux magazines spécialisés et poser des prospectus sur le comptoir des commerces de produits diététiques ou autres lieux ciblés. Elle recevait également un volumineux courrier et nombre de messages sur les réseaux sociaux auxquels elle n'avait pas toujours le temps de répondre. Partant, elle regrettait que l'attente spirituelle de ces personnes ne fût point comblée. Tout en préparant les documents utiles à sa prestation, elle balaya à plusieurs reprises la salle du regard. Nul visage au sein de l'assistance ne ressemblait au dénommé Florian R. Fickley dont elle n'avait point oublié l'expression ténébreuse et plutôt froide, même si son intuition lui soufflait que cette apparence masquait une belle personnalité. Ce souvenir, qu'elle s'était évertuée à envoyer aux oubliettes, se plaisait, depuis, à torturer son cœur et à éveiller en elle la profondeur de l'événement de cette rencontre. Son cœur pressentait-il un incontournable destin avec cet autre ? Pour l'heure, il lui fallait se fabriquer un entrain de circonstance et s'abstenir de surveiller l'unique porte de la pièce. Une attitude que sa raison lui inspirait ; en effet, son invétéré idéalisme l'incitait plutôt à nourrir l'espoir d'un prompt enchantement.

À la fin de la conférence, Mélissandre eut droit aux sempiternelles questions de participants en quête d'un éclairage plus approfondi. Elle prit soin d'accomplir stoïquement son devoir, alors qu'elle souhaitait surtout quitter cet endroit pour ressasser sa désillusion. Prétextant un avion à prendre, elle parvint enfin à se sauver. Naturellement, elle avait dû éconduire plusieurs bons samaritains, lesquels s'étaient proposé de jouer au cicérone, mais avec une intention sans doute moins charitable en tête. Elle éprouvait l'envie de marcher dans Paris, de se remémorer l'ancienne douceur que ce nouveau passage parisien avait exhumé de la profondeur de son subconscient. Cela l'amenait à réaliser combien le timbre chaud de ce Florian R. Fickley l'avait envoûtée au détour d'un échange ordinaire et dans un contexte, pourtant, dépourvu d'intimité. Son âme s'était-elle bercé du bonheur de ces retrouvailles à la croisée de routes tracée par le Divin.

Pendant le temps d'attente dans la salle d'embarquement de l'aéroport, elle essaya de se plonger dans une de ses lectures de prédilection. Telle une ronde folle de jeunes animaux en liberté, toutes sortes de pensées harcelaient son mental. Alors qu'elle s'était ingénié à forcer l'oubli, depuis le faux hasard de cette rencontre, elle apprécierait maintenant la présence de cet homme à son côté. Elle s'en voulait presque d'avoir privilégié la voix de la raison à l'élan spontané du cœur. Cette nostalgie, qu'elle ressentait bizarrement, ne ressemblait pas à une passade, mais à un soudain désir d'ensoleiller sa vie, à une incitation intérieure de changer l'existant. Une force l'entraînait à son insu vers cette voie que son moi cartésien avait dissuadée. D'ailleurs, celui-ci s'employait encore à assourdir son âme et à la priver, ce faisant, d'une judicieuse lumière. Fort de sa formation scientifique et de sa nature profondément idéaliste, elle oscillait sans cesse entre réalisme et utopisme. Elle s'assignait des buts terre à terre tout en demeurant fidèle à ses valeurs spirituelles. Cela faisait d'elle un personnage atypique et plus attiré par la spéculation métaphysique que par la matière scientifique. En fait, sauf l'exemple de son père polytechnicien, elle n'aurait jamais poussé jusqu'au doctorat. Comment en était-elle venue à cette activité de conférencière en spiritualité, quoique consciente de ses nombreuses lacunes dans le domaine ? Elle s'était lancée, un jour, avec le sentiment qu'il lui fallait apporter sa petite pierre à l'édifice, puis sentie stimulée ensuite par l'intérêt de ses semblables lors de ses prestations. Cela avait eu lieu précisément après un séjour dans un « ashram » en Inde où une « Deva », qui se prétendait fille de la lumière, l'avait initiée à une mystique ancestrale transmise de génération en génération. Cet enseignement, qu'elle avait eu l'intelligence de relativiser, imprégnait néanmoins son discours d'une spiritualité bien éloignée du dogme chrétien.

Émergeant de ses pensées, elle se mit à regretter ce geste impulsif par lequel elle avait effacé le numéro de Florian du répertoire de son portable. Par celui-ci, elle avait compromis toute possibilité de le revoir. Si elle croyait en la magie de l'imprévu, en une destinée entre les âmes, elle craignait d'avoir définitivement éloigné cette autre de la sienne en rejetant avec orgueil le signe de la Providence. Il ne lui restait plus, désormais, qu'à enfouir cette espérance dans les limbes du subconscient et à s'en remettre aux aléas du « hasard ». Pour museler les regrets, elle se persuada que leurs idéaux de vie auraient fini par les opposer et que l'approfondissement de leurs conceptions spirituelles aurait fait apparaître un mutuel besoin d'autonomie. Aussi ne convenait-il pas d'extrapoler à partir de la relative harmonie d'un moment. Quant à l'impression de manque, elle n'avait assurément correspondu qu'à une envie d'aimer.

Pendant que l'avion survolait Paris, elle eut l'impression étrange d'y abandonner une petite partie d'elle-même. Or, s'étant interdit toute expectative d'un miracle, elle se raisonna aussitôt. Une vaine lutte, en outre, contre le désir d'un bonheur hors du commun dont son cœur caressait la perspective.

-3-

Effectuant des emplettes chez le commerçant de produits diététiques de son quartier, Florian y aperçut le prospectus de Mélissandre bien en évidence sur le comptoir. De mémoire, les thèmes développés lui parurent identiques. Une force l'avait manifestement poussé derechef vers ce lieu où il avait déjà eu connaissance de la précédente publicité, vu qu'il n'était guère un habitué de ce genre de magasin. Subodorant qu'elle était revenue pour d'autres conférences au cours des sept derniers mois, il trouvait offensant qu'elle n'eût pas ressenti l'envie de l'appeler en vue de partager un moment amical avec lui. Il supposa qu'elle le prenait pour une sorte de prélat et que ce sacerdoce l'exhortait donc à le fuir. Pourquoi s'était-il paré de manière aussi ambiguë, ce jour-là, et complu ensuite à semer la confusion ? Il se remémora la vision de Mélissandre au sujet du hasard dont il constatait aujourd'hui, d'après l'attitude de celle-ci, qu'elle avait été une aimable fin de non-recevoir. Les propositions d'hommes prêts à lui offrir une vie princière ne devaient point manquer, même s'il n'envisageait pas de rivaliser avec ces éventuels beaux partis ; car il n'aspirait pas à rencontrer son idéal de femme et à fonder, avec elle, une famille. En effet, le Ciel l'avait induit à suivre un chemin particulier tout en stimulant sa foi en la vérité de son devoir ici-bas. Par conséquent, il n'en viendrait pas à opter, soudain, pour un bonheur terrestre et à condamner ainsi son âme aux ténèbres. Il admirait d'ailleurs l'œuvre occulte, afin que leurs pas prissent des routes séparées et qu'il ne fût pas tenté de renier son petit accomplissement sur Terre. Dans le passé, les portes s'étaient tant de fois fermées lors d'intentions apparemment contraires à sa destinée. Depuis le jour de son premier contact avec l'invisible, il croyait fermement au bienveillant soutien de Dieu qui palliait aussi ses déficiences.

À l'évidence, le magnétisme de Mélissandre T.H. avait subtilement empreint son cœur. Aussi ses efforts pour l'oublier ne réussissaient-ils qu'à accroître l'envie de la revoir. Mais il ne savait rien d'elle, excepté qu'elle résidait sans doute à Genève ou dans les environs de cette ville ; puisqu'elle avait pris cette destination le jour de leur rencontre. Une force se plaisait-elle à l'influencer en vue de l'amener à se suffire d'une existence de banal mortel ? Ou bien était-ce un appel du Ciel à dépasser ses désirs instinctuels, à transcender sa faiblesse humaine et à franchir un degré supplémentaire dans sa maîtrise spirituelle ? Saurait-il résister, par contre, aux habiles suggestions de son ego ?

Il plia en quatre la publicité de Mélissandre qu'il fourra dans la poche de sa veste, n'ayant pas conscience, par ce geste spontané, de provoquer le sort. Il essaya ensuite d'exhumer, du fond des abysses de sa mémoire, des bribes du visage aux yeux clairs de cette dernière, puis de la visualiser souriante et heureuse en sa compagnie. Le doux frémissement, qui parcourut alors son cœur, suscita sa perplexité.

Chapitre 4

L'obstination du destin

Pendant ces quatre derniers mois, la magie n'avait point opéré.

À l'aéroport de Roissy-Charles de Gaulle, Florian se hâta vers le guichet de sa destination, bien qu'à sa montre il estimait avoir encore cinq bonnes minutes avant la fermeture du vol. Tandis que l'employée procédait *in extremis* à l'enregistrement de son billet, il avait l'impression qu'une force subtile avait agi sur la volonté de cette dernière. Après le passage du SAS de sécurité, il se dirigea, avec son flegme habituel, vers la salle d'embarquement. Son attention y fut attirée par une personne assise et légèrement à l'écart. Il semblait qu'une lumière s'ingéniait à mettre en évidence cette femme en train de lire un livre. Il tira mécaniquement un petit bristol de sa poche sur lequel il inscrivit son numéro de téléphone, puis il s'avança vers elle pour le déposer avec délicatesse sur le magazine qu'elle tenait sur ses jambes croisées. Elle leva aussitôt les yeux vers lui. Avant qu'elle pût manifester sa joie ou son déplaisir, il lança : « *Pardonnez-moi, je me sauve. Le personnel d'embarquement s'impatiente* ». Puis il marcha d'un pas gaillard vers le guichet au fin fond de la salle, retenant son envie de se retourner pour vérifier l'expression sur le visage de cette dernière. Tout en prenant les documents, qu'il lui tendait, une des deux hôtesses déclara avec un charmant sourire :

- Bonjour, Monsieur, l'avion n'attendait plus que vous.
- Je suis vraiment désolé, Madame.

Elle lui rendit le billet en lui souhaitant courtoisement un agréable voyage.

Assis dans l'avion, il repensa à l'événement particulier qu'il venait de vivre dans la salle d'embarquement. La présence de Mélissandre T.H., à l'écart des gens, avait ressemblé à une manifestation occulte, à une vision pareille à celles qu'il lui avait déjà été donné de faire. Sauf que cet hypothétique mirage ne s'était pas évanoui dans une nuée. À cause de la particularité de la chose, il se sentait attiré plus encore par cette personne.

Fort de cet arrangement, la Providence lui montrait-elle qu'il ne se trouvait en rien contraint à l'abstinence et qu'il s'était fourvoyé en croyant proscrit tout bonheur avec une femme ? S'imposait-il une voie trop drastique en s'interdisant celui-ci ? D'aucuns qualifieraient d'insolite ce dévouement extrême et cette certitude d'un accomplissement spirituel ici-bas sur la base d'une inspiration lors d'une méditation. Il ne doutait pas, quant à lui, que son âme portait en elle une mission particulière qu'elle serait appelée à faire le moment venu. Par conséquent, cela ne lui paraissait pas conciliable avec un prosaïque amour charnel. De toute façon, sa nature profonde ne le portait guère vers les bas plaisirs.

Il se refusait à supputer sur un changement de cap, préférant attendre que les événements rendissent celui-ci incontournable. Il visualisa Mélissandre, le visage contrarié par cette nouvelle intrusion dans sa vie bien ordonnée, et s'empressant de déchirer son petit bristol. En invétéré adepte du fatalisme, il aimait mieux en général se laisser surprendre par la force de la destinée. Pourtant, il avait dérogé à ce principe en allant à nouveau au-devant de cette femme. Il lui vint à l'idée de tenter une communication télépathique et, partant, de se mettre en communion de pensée avec elle. Ses intentions avaient évolué depuis ce jour où il n'avait nourri que le désir de lui apporter une aide spirituelle. Entre-temps, un sentiment s'était esquissé dans le secret de son cœur. Au fil des jours, il se mettait à espérer, même, en la survenance d'un enchantement. Quoique la divergence de leurs modes de vie constituerait, sans doute, un obstacle.

De Rome, il s'était envolé pour New York, puis pour San Francisco. Il croyait fermement que Dieu l'avait instigué à ce voyage. Il se conformait toujours avec humilité aux injonctions, faites avec Amour, dans le giron de la prière. De retour à Paris, il ne fut pas vraiment étonné que Mélissandre T.H. n'eût pas jugé bon de lui laisser un message sympathique sur le répondeur de son portable qu'il n'emportait jamais, d'ailleurs, lors de ses déplacements à l'étranger.

Il déduisait du silence de cette dernière qu'elle interprétait cette nouvelle rencontre pour une coïncidence. Peut-être même se gaussait-elle de ce hasard qui les avait faits se croiser à nouveau. Fût-ce le cas, cette insensibilité aux signes de la Providence le surprenait. Bien que cette réticence n'empêcherait guère le cours des choses. En outre, le dédain de cette femme ne blessait en rien sa fierté d'homme. Fort de sa prédisposition à la compassion, il la plaignait plutôt de souffrir d'une telle carence spirituelle. Il s'interdisait toute critique négative, une inclination de son ego pour saper les efforts de son âme en direction de la Lumière Divine. D'une nature optimiste, et surtout fataliste, il avait confiance que son destin s'accomplirait quoiqu'il arrive. Ainsi l'écheveau finirait bien par se démêler et les raisons de cette rencontre par se révéler. Car tout cela ne pouvait être totalement fortuit.

Chapitre 5

L'imparable constance de l'amour

-1-

Deux mois après l'événement de l'aéroport ...

- Allô ... bonjour monsieur ... allo ... vous m'entendez ?
- Oui, tout à fait. Bonjour Madame.
- Pourrais-je parler à Florian Fickley, je vous prie ?
- C'est lui-même.
- Très heureuse, Monsieur Fickley. Mélissandre Tizières-Hattinger à l'appareil.
- Mélissandre ? Mon Dieu, quelle surprise ! Mais, je vous en prie, appelez-moi Florian.

Bien qu'il prît sur lui, l'émotion dans sa voix n'échappa guère à la forte sensibilité de Mélissandre.

- Vraiment, je ne croyais plus avoir le privilège de votre appel, ajouta-t-il.
- J'ai pensé que nous pourrions profiter de mon prochain passage à Paris pour boire le verre de l'amitié.
- Votre heure sera la mienne, Mélissandre.
- Avez-vous une idée du lieu ?
- Vous connaissez le Fouquet's sur les Champs-Élysées, j'imagine.
- Oui, bien sûr. Bon ... que pensez-vous alors de mercredi prochain à dix-sept heures ?
- C'est parfait pour moi. Je vous y attendrai, Mélissandre.

Il appréciait qu'elle ne fût pas du genre à papoter au téléphone, car la concision faisait partie aussi de son tempérament. Certes, un prompt écho à son enthousiasme l'aurait réjoui. Mais Mélissandre était visiblement une femme très réservée. D'ailleurs, il avait remarqué sa pudeur lors de leur premier échange ainsi qu'une certaine prédilection pour les formules lapidaires. Un trait de caractère qu'elle tenait probablement de ses origines allemandes. En définitive, leurs natures n'étaient pas si éloignées ; vu qu'il n'appartenait pas à la race des Latins volubiles. Sa petite voix lui soufflait que leur rencontre n'avait point été anodine et qu'elle s'avérerait même constructive.

Comme elle n'avait pas évoqué la prochaine tenue d'une conférence, il éprouva une petite joie à l'idée que l'envie de le revoir l'avait titillée et engagée à effectuer ce voyage. Puis sa raison l'amenât à une vue plus lucide et à présumer une simple curiosité spirituelle. À l'évidence, son âme détenait le secret de cet événement.

-2-

Florian arriva au Fouquet's avec quinze minutes d'avance. Outre sa manie de la ponctualité, il estimait normal d'accueillir Mélissandre et d'honorer ainsi l'effort de cette dernière … quel qu'en fût le motif. Il tirait de sa mère aristocrate son éducation à de stricts principes et de sa nature profonde un penchant pour des valeurs ou vertus décriées par l'attitude moderniste d'un monde à la dérive.

Quand elle pénétra dans la brasserie à l'heure exacte convenue, Mélissandre T.H. ressemblait à une sublime lumière tombée du Ciel. Aussi radieuse que le jour béni de leur rencontre, elle paraissait étaler avec un intime plaisir son indéniable charme. S'étant ingéniée à traverser la salle à la manière d'une fière cavalière sur un fringant alezan, elle ne passa point inaperçue. Une bonne trentaine de paires d'yeux la détaillèrent donc de la tête aux pieds. Florian s'amusa intérieurement de l'effet du charisme de cette femme sur autrui et, pas seulement, sur les hommes. Il se leva pour lui faire un accueil courtois, observant l'œil inquisiteur de celle-ci tandis qu'elle venait vers lui. Il faillit tourner en dérision cette déformation professionnelle la portant, d'emblée, à analyser ses semblables, puis il pensa qu'elle n'apprécierait guère ce genre de remarque. Peut-être même, cela gâcherait-il leur premier vrai tête-à-tête ; un moment qu'il souhaitait entourer, au contraire, d'une délicieuse sensibilité. Il l'embrassa amicalement et attendit qu'elle se fût assise pour se placer en vis-à-vis. Il entreprit ensuite de détendre l'atmosphère via un propos banal. Se limitant, de son côté, à des réponses ciblées et stratégiques, il lui apparut qu'elle méprisait sa généreuse tentative de dégel. Partant, il finit par imiter cette froide retenue tout en espérant que le tempérament très germanique de cette dernière s'acclimaterait au sien plus mitigé. Dès lors, les paroles alternèrent avec des silences plus ou moins longs ; ce qui ne le dérangeait guère, n'étant pas enclin à de stériles déblatérations. Aussi appréciait-il que Mélissandre n'eût pas la manie de la loquacité ou du verbiage creux. Leurs deux personnalités s'avéraient être excellemment complémentaires et ce rapprochement, par conséquent, de l'ordre du destin. Après une demi-heure dans ce contexte, Mélissandre vira soudain à trois cent soixante degrés. Un ange la poussait-elle à prendre l'initiative de l'échange ? Pourtant, les non-dits de ce préambule n'avaient pas manqué de le séduire. Les silences avaient, quant à eux, permis une communion de cœur.

- Mes origines germaniques ne me rendent pas distante et je ne suis pas non plus une snobinarde comme vous avez eu l'air de l'insinuer. Cependant …

- Vous ne vous sentez pas encore en confiance avec moi. Cette réaction est normale à ce stade de la découverte de nos deux personnalités.

- Disons que vous n'êtes pas un homme banal et que … ce que votre personne dégage tend plutôt à m'impressionner.

- Votre remarque me surprend.

- Pourquoi donc ?

- Parce que je n'avais pas le souvenir d'une personne timide et impressionnable. En tout cas, loin de moi l'intention de vous influencer … consciemment tout au moins.

- Vous l'avez dit … consciemment. À mon avis, vous n'ignorez pas l'impact de votre forte personnalité ni que votre regard particulier peut mettre parfois mal à l'aise.

- Je ne calcule pas mon impression sur les autres.

- Il ne s'agit pas de cela, Florian. Alors, je constate que vous ne connaissez pas celui que vous êtes. C'est le docteur qui parle en ce moment.

- En effet, je ne prétends pas avoir de moi une idée juste. Par contre, il m'intéresserait d'entendre votre éclairage. Cela me ferait sûrement évoluer.

- Laissons ça, si vous voulez bien. Je ne suis pas venue avec l'intention de vous analyser comme …

- Je suis un habile cachottier, vous savez. Pardon, je vous ai coupée. Vous disiez … comme ?

- Oui, comme je n'ai nulle envie de jouer au psy, j'aime mieux une découverte simple et spontanée.

- Je pense que le docteur est sans cesse en éveil. En tout cas, votre déclaration est prometteuse.

Elle se contenta de sourire. Il ne dédaignerait pas participer à l'émergence de la nature profonde de cette femme et, partant, découvrir la richesse cachée derrière l'apparence ; car il pressentait de belles qualités enfouies. Elle ignorait à quel point sa confidence le comblait. Il la remerciait *in petto* d'être là et peu importait qu'elle ne lui donnât à voir que son côté social. Il voulait croire qu'elle s'était sentie impulsée à faire ce chemin vers lui. En viendrait-elle à avouer que le destin avait fini par la surprendre, par la subjuguer même ? Il n'osait espérer cependant qu'elle le gratifierait de ces secrets qu'elle gardait jalousement, sans doute, dans le giron de son être. Ce relatif scepticisme, qu'elle affichait, allait de pair avec la négation de la prédestination et, parallèlement, avec l'idée d'un dessein divinement tracé pour chaque âme. Elle ne semblait pas se complaire dans un cartésianisme exacerbé, une tendance pourtant de la gent scientifique en général. Aussi son intelligence et, surtout, sa sensibilité l'inviteraient-elles tôt ou tard à remettre de l'ordre dans ses convictions. Il ignorait qu'elle aspirait à puiser dans cette richesse spirituelle, qu'il avait prétendu posséder lors de leur première rencontre, afin de renforcer le discours de ses conférences tout en retirant de cet enseignement un profit personnel.

- Nous avions laissé en suspens des questionnements, lança abruptement Mélissandre.

- En effet.

- Je me souviens que le lieu ne se prêtait pas, à l'époque, à une discussion étayée.

- J'imagine que vous m'avez trouvé ce jour-là ... plutôt superficiel.

- Absolument pas. De toute manière, j'étais tracassée par l'heure. Aussi je ne vous aurais écouté que d'une oreille.

- Quelles étaient ces interrogations déjà ? Je confesse humblement que le temps a fait son œuvre et qu'elles me sont donc sorties de la tête. De plus, je ne pensais pas vous revoir.

- Pourquoi alors m'avoir redonné votre numéro à l'aéroport ?

- Pure courtoisie, rétorqua-t-il avec une pointe de malice dans le regard.

- Vous croyez, peut-être, que j'ai cherché sciemment à vous tourmenter.

- Bigre non, Mélissandre ! En fait, je pense que vous êtes une femme trop occupée ou ...

Il ne termina pas sa phrase, répugnant à l'ennuyer avec ses états d'âme.

- Ou ? S'enquit-elle.

- Finalement, vos raisons vous appartiennent.

- Qu'aimeriez-vous savoir exactement ? Insista-t-elle.

- Pourquoi vous ne m'avez pas rappelé ... amicalement, il s'entend.

- J'avais perdu votre numéro.

Elle n'osait lui lancer à la face qu'elle avait volontairement effacé celui-ci du répertoire de son téléphone.

- C'est une explication plausible, rétorqua-t-il en sondant son regard.

- Mon petit doigt me souffle que vous ne me croyez pas.

- Cela n'a pas d'importance, Mélissandre. Toute spéculation sur le passé est stérile, déclara-t-il d'une voix anormalement grave.

Le visage de cette dernière afficha une légère contrariété.

- En tout cas, votre présence me ravit, ajouta-t-il pour adoucir la dureté de sa précédente remarque.

- Votre ravissement me va droit au cœur, renchérit-elle avec bonne humeur.

- Répondez-moi franchement. Aviez-vous prévu de rester un peu à Paris ou de repartir ce soir pour Genève ?

- J'ai pris une chambre d'hôtel. J'éprouve le désir de me relaxer avec un plateau dînette et un bon livre.

- Un plateau dînette, répéta-t-il.

- C'est sympa, non ? Personnellement, j'adore lire au lit en grignotant. Pas vous ?

- Rarement. Écoutez, puisque vous n'avez pas d'engagement particulier, je vous emmène dîner, objecta-t-il péremptoirement.

- Quel ton directif ! Dit-elle sur un ton confidentiel.

- Pardonnez-moi, il n'est pas dans mes habitudes de parler ainsi.

- Vous vouliez alors m'impressionner … pour que je me soumette, fit-elle remarquer avec un sourire énigmatique sur les lèvres.

- Vous me prêtez une intention perfide, ma chère.

- Soyez fier, Monsieur Fickley ! Je me soumets ! Et ce n'est pas un fait coutumier chez moi.

- Je n'en doute pas.

Ils rirent de concert.

Elle trouvait trop précipité de lui confier que son initiative l'enchantait, qu'elle en avait même fortement caressé l'éventualité au fond d'elle. Outre que cet homme excitait sa curiosité, elle se sentait aimantée par lui et désireuse de ne plus le quitter. Elle escomptait aussi l'amener à divulguer le contenu de cette mission particulière dont il semblait investi par Dieu. Quant à Florian, il souhaitait prolonger la douceur de cette proximité et suspendre pour quelque temps sa marche. Tout en contestant, soudain, la contrainte et la rigueur de celle-ci, il avait l'impression qu'une force le poussait avec détermination vers cette femme comme s'il fût là une expérience nécessaire et, en final, le passage d'une porte. Il éprouvait un tel bien-être qu'il en déduisait que son âme ne s'opposait guère à ce nouveau chemin, voire que le charme capiteux de cette personne n'était en rien une instigation du Tentateur.

Au Procope, un restaurant proche du boulevard Saint-Germain, le directeur de l'établissement loua leur chance en précisant qu'un couple s'était désisté il y a peu. Un fait que Florian ne prît pas pour un concours de circonstances. En traversant la salle pleine de monde, il observa que les appas de Mélissandre continuaient de produire leur effet. Cet intérêt flatterait assurément l'ego de tout autre que lui. Il se départait, pour sa part, de cet absurde machisme. En outre, il aurait de beaucoup préféré que sa convive ne fût pas la cible de ces regards chargés d'envie. Saisissant l'occasion de sentiments inspirés par les forces négatives, il envoya une vibrante pensée d'Amour autour de lui. Nul doute que Dieu bénissait sa belle inspiration.

Passant outre l'atmosphère bruyante, il entreprit de se mettre en résonance avec la vibration de Mélissandre, canal d'une subtile et fructueuse harmonie. Le regard branché sur les yeux clairs de cette dernière, il essaya de s'accorder avec l'être caché, mais authentique, pour en recevoir tout ce qu'elle ne lui disait pas ou qu'elle s'évertuait à ne pas lui montrer. De cette façon, il comptait passer le rempart de cette bienséante communication et permettre l'union de leurs cœurs.

De son côté, Mélissandre avait le sentiment qu'un beau soleil éclairait tout à coup sa vie, qu'elle pénétrait dans un jardin fleurant de délicieux et enivrants effluves. Cet homme au mystérieux destin, qu'elle découvrait peu à peu dans sa vérité, lui devenait de plus en plus proche. Il lui vint que leurs âmes s'étaient côtoyées lors de vies antérieures. Magie d'un continuum éternel auquel elle croyait, malgré quelques réserves, et qui fait se retrouver les âmes au fil de leurs incarnations. Elle tenait de son séjour dans un ashram de l'Inde et de nombreuses lectures ses connaissances sur l'universalité de l'Âme et de l'Esprit d'Amour. Elle ne pouvait cependant s'empêcher de soumettre celles-ci au filtre du rationalisme scientifique et, partant, de les édulcorer. Le statut de Florian – qu'elle ne mettait point en doute – impliquant une bonne élévation intérieure, elle désirait qu'il lui transmît son acquis. Elle était, pour l'heure, tiraillée entre un bel amour et une gratifiante amitié entre eux.

- Vous semblez ailleurs, fit-il remarquer.
- Vous devriez dire … sur un nuage, rectifia-t-elle avec un généreux sourire.
- À cause de la nourriture ou de ma compagnie ?
- De la succulente nourriture, naturellement, s'empressa-t-elle et le regard narquois.

Il accueillit cette sympathique taquinerie comme l'augure d'une agréable complicité. Telle une brise tiède et parfumée, une onde bienfaisante l'enveloppa.

- J'avoue que je n'espérais pas être autant nourrie ce soir, confia-t-elle.
- Que voulez-vous, mon côté italien me fait verser dans l'extravagance, répliqua-t-il en riant.
- Vous gagnez à être connu, mon cher Florian. De prime abord, votre personnalité tend à refroidir … mais on a déjà dû vous le dire.
- Je crois bien que vous m'avez dit cette chose tout à l'heure.
- À présent, vous savez qu'il m'arrive de radoter. Je disais donc que si l'on a la chance de percer votre cuirasse, on fait une exquise rencontre. Finalement, j'étais un récipient vide que vous vous êtes plu à remplir de votre magnétisme. Merci, mon bon Samaritain.

Était-ce le résultat de l'émotion provoquée par cette déclaration, il aperçut un faible halo coloré au-dessus de la tête de Mélissandre.

- Votre confidence ressemble à la parabole de la Samaritaine rapportée par les évangélistes, précisa-t-il. Vous la connaissez ?

- Oui, très bien. D'ailleurs, j'aime beaucoup ce passage magnifique.

- Confidence pour confidence, j'ai l'impression que vous aimez vous afficher et jouer de votre charme.

- Mon Dieu ! J'ai dû vous décevoir, lâcha-t-elle avec une ravissante moue.

- Rassurez-vous, j'ai dépassé cette impression. À présent, je pressens l'autre personne qui se cache derrière cette apparence.

- Je suis une femme excessivement compliquée, confia-t-elle en approchant son visage.

- Si vous m'en laissez le temps, je percerai peut-être vos secrets.

- Mon âme est inaccessible, mon cher Florian. N'en déplaise à votre sagacité spirituelle.

- En vérité, il me suffit de parvenir à vous connaître mieux. Pour cela, nous devrons toutefois nous revoir.

- Je ne dis pas non. Car j'aimerais également tirer le grain de l'ivraie en ce qui vous concerne.

- Une impossible gageure, ma chère ! Votre entendement s'épuiserait à vouloir décrypter mon excellence, lança-t-il sur un ton présomptueux.

Il s'était fait volontairement provoquant.

- Allons, ne vous montrez pas sous un faux jour pour brouiller les cartes, répliqua-t-elle joyeusement. En réponse à votre petite vanité, sachez que j'arrive assez bien à provoquer la confidence et … bien au-delà de ce que les gens auraient aimé confier.

- Quand commençons-nous ?

- Ce genre d'aveu a lieu au cours de conversations à bâtons rompus et grâce aussi à une démarche psy.

- Votre charme m'hypnotise déjà et m'invite à tout vous dire, plaisanta-t-il.

- Je n'ai pas oublié ce fameux jour où vous avez prétendu que certains débats nécessitent un lieu approprié.

- Je le maintiens. D'autant que, de surcroît, ce bruit alentour commence à devenir assommant.

- Sur ce point, je vous rejoins. Cette cacophonie finit également par me lasser.

- Je pense à une solution, mais, naturellement, en tout bien tout honneur.

- Chez vous ? Lança-t-elle *ex abrupto*.

- Nous pourrions y continuer nos petites investigations psycho-spirituelles dans une ambiance plus paisible.

Comme elle le regardait en plissant les yeux, il craignit que sa proposition n'eût pour effet de mettre à bas la belle opinion qu'elle avait de lui.

- Mélissandre, je ne voudrais pas…

- J'ai confiance en vous, Florian. J'accepte ! Cependant, vous devrez me raccompagner ensuite à mon hôtel.

- Bien évidemment.

Il fut heureux qu'elle ne le prît pas pour un séducteur en quête d'une aventure. Car il désirait seulement perpétuer ce moment de bien-être et ne nourrissait pas la moindre intention scabreuse. Certes, cette évolution paraissait être dans l'ordre des choses. Mélissandre s'était sentie, de son côté, poussée à abonder dans le sens de Florian, trouvant très plaisant de pouvoir continuer de profiter du doux fluide de cet homme.

-3-

En pénétrant dans l'appartement, Mélissandre en respira la charge positive tout en soupirant de façon charmante et les yeux clos. En réponse au regard interrogatif de Florian, elle déclara se sentir en harmonie avec ce lieu. Il lui confia avoir visité une pléthore de logements avant de se décider pour celui-ci à la vue plongeante sur le bois de Boulogne et à l'exposition plein sud, des spécificités aptes à le rendre exceptionnellement lumineux. Ils discoururent un moment sur les attraits de Paris – capitale la plus visitée au monde – et sur les indéniables avantages de Genève. L'invitant ensuite à prendre place sur le canapé, il en fit de même dans un des deux fauteuils face à elle. La lumière d'ambiance qui éclairait le séjour renforçait cette sérénité vantée tout à l'heure par Mélissandre. Ils en vinrent tout naturellement à évoquer ce jour où il n'avait pu résister à la force qui le poussait vers elle.

- À l'aide de quelques phrases ciselées, vous m'avez dit beaucoup de choses, reconnut-elle.
- Je me souviens surtout que nous avons été contraints d'abréger la conversation, puisque votre vol avait à l'époque plus d'importance. Aussi nous avons laissé en suspens la divergence de nos conceptions sur les thèmes de votre conférence.
- Vous êtes à présent dans votre élément et en mesure de vous montrer convaincant, n'est-ce pas, taquina-t-elle.
- J'apprécie votre finesse d'esprit, Mélissandre. Mais, en vous voyant, on n'imagine pas que vous soyez autrement.
- Voilà un encensement, mon cher Florian, qui m'oblige à rester sur mes gardes. Les beaux parleurs sont en général de dangereux séducteurs.
- Sans vouloir vous froisser, ce genre de jugement ne me paraît pas très pertinent.

- Bon, vous m'avez prise au sérieux ! Je plaisantais, bien sûr. Apprenez qu'il y a trois femmes en moi : la psy, la conférencière et la vraie. Ce soir, je vous fais la sublime grâce de vous inviter à appréhender la vraie.

- Je vous en sais gré, répondit-il d'une voix sciemment emphatique.

Ils rirent de bon cœur. Il appréciait que Mélissandre eût ainsi le réflexe de saupoudrer la discussion d'un zeste d'humour ; ce qui évitait le risque d'un dialogue professoral et ennuyeux.

- Je me demande tout à coup s'il est vraiment sage d'aborder cette question. J'ai peur de vous contrarier et de rompre cet instant merveilleusement complice.

- Voyons, Florian, je vous rappelle que je suis docteur et, de ce fait, entraînée à tout entendre. En outre, mon doctorat ne me rend pas prétentieuse. J'estime que je n'ai pas la science infuse et, de plus, je suis convaincue que vous en savez beaucoup plus que moi sur la spiritualité. Aussi vous me feriez un grand honneur en acceptant de m'initier.

- Détrompez-vous, ma chère ! Mes connaissances en la matière sont on ne peut plus modestes. Je n'appartiens pas à la caste de ces gourous, ou soi-disant érudits, qui étayent leur contestable savoir par des textes critiquables. En l'absence de preuves tangibles, on peut malheureusement tout dire sur la spiritualité. Ce monde est plongé dans les ténèbres et il compte peu de vrais initiés malheureusement. De toute façon, ceux-là restent très discrets quant à la substance qu'ils reçoivent du Céleste. Dieu est bien le seul à savoir tracer les desseins des âmes.

- Nous voilà en plein dans le sujet, lança Mélissandre. Faites-moi part, à présent, de ces points qui vous ont choqué dans ma conférence.

- J'ai surtout observé une nette différence entre nos conceptions. Je le répète, une matière aussi abstraite est sujette à diverses interprétations.

- En quoi consiste plus précisément cette divergence de nos conceptions ?

- Elle vient de ce que la source de nos savoirs diffère.

- D'où tenez-vous la vôtre ?

- Veuillez pardonner ma réserve, car je ne peux vous en dire plus à ce sujet. Le ferais-je, vous jugeriez tout cela aléatoire ou, même, insensé.

- Vous ne connaissez pas ma flexibilité d'esprit, mon cher Florian. Ceci dit, je respecte votre désir de discrétion. Par conséquent, je ne vais point finasser pour vous amener à la confidence (*elle sourit*). Vous évoquiez, tout à l'heure, une sorte de dichotomie de nos compréhensions.

- Voyez-vous, je conteste le savoir des occultistes qui prétendent être en mesure de transmettre des vérités sur Dieu, l'infini, le Cosmique ou le Céleste.

- Seigneur ! Je ne me prends pas pour une occultiste.

- En disant cela, je ne vous associais pas à ces gens. Si vous aviez été aussi prétentieuse, je n'aurais pas cherché à vous connaître. Je vous aurais plutôt laissée suivre votre chemin. Pour être franc, c'est votre manière de placer l'auditoire face à des questionnements et de ne pas leur apporter la moindre réponse qui m'a dérangé. J'ai noté aussi l'amphibologie de votre propos. Je me suis demandé, après coup, si tout cela ne cachait pas un certain scepticisme vis-à-vis de l'immanence de Dieu.

- N'en croyez rien, se défendit-elle. J'ai foi en Dieu, en dépit d'un vide flagrant au sujet de son existence. Aussi ai-je choisi, comme vous l'avez précisé, de placer l'assistance, lors de mes conférences, face à une probabilité, à savoir une Intelligence dont nous devons accepter la manifestation sans jamais la comprendre intellectuellement.

- Finalement, ma présence à votre conférence a eu sa petite utilité. Il était important que j'y sois, semble-t-il. Quoique je ne sois pas certain d'avoir la mission de vous transmettre ma modeste connaissance. J'avoue que le but réel de cette rencontre m'échappe encore à ce jour.

- Ainsi cet habillage cacherait une finalité … un dessein secret en quelque sorte.

- Je lis la crainte dans votre regard.

- De la circonspection plutôt. Franchement, vous n'estimeriez pas cet objectif un peu trop strict ?

- C'est vous qui l'avez évoqué, ma chère.

- Il me plairait que vous m'enseigniez ces vérités qui me font manifestement défaut.

- Surtout, n'attendez pas de moi un enseignement. Je peux seulement tenter de vous éveiller.

- J'ai hâte de connaître cette expérience.

- Ah, j'aime mieux ce ton badin, Mélissandre ! J'avais peur que cette discussion ne finisse par installer un hiatus entre nous.

- Dommage ! Mon désir était sincère.

- De toute façon, il n'est plus l'heure pour entreprendre un travail d'éveil à la foi.

- Vous avez raison, il est temps que je rentre à mon hôtel. J'ai réservé un vol à une heure très matinale demain.

- Que dis-je … aujourd'hui, corrigea-t-elle en consultant sa montre.

Dans cette réaction semblable à une fuite, il vit un tiraillement intérieur. Qu'ils pussent se séparer sur un malentendu, alors que la soirée avait été si délicieuse, le tourmenta. Il imagina qu'elle regrettait peut-être cette discussion trop sérieuse et un éventuel flétrissement de l'harmonie. Une pensée qui lui traversa l'esprit à la vitesse de l'éclair.

La tristesse dans le regard de Florian n'échappa point à la perspicacité de Mélissandre qui ressentit l'instant désir d'aller vers lui. De façon inconsciente, elle attendait que la magie opérât.

- Ne pars pas, Mélissandre ! Lâcha-t-il soudain.

Elle se leva, le cœur battant, comme aimantée par le magnétisme de cet homme étrange, puis impulsée dans sa chair par une incontrôlable appétence. Ils s'étreignirent et s'embrassèrent avec fougue, le corps bouillant d'une frénétique soif de possession. Dans la chambre, ils s'ôtèrent fiévreusement les vêtements, pressés de se délecter de leur nudité respective, de découvrir leurs peaux, leurs odeurs, leurs mutuels besoins après de gourmands préliminaires.

Leurs corps fusionnèrent ensuite au fil d'une sensualité débridée, un épanchement nécessaire à l'atteinte d'une magnifique symbiose. Mélissandre n'était jamais allée aussi loin dans le plaisir avec un homme, dans l'extraversion des sens. Elle découvrait ce désir de mourir avec l'autre, de se noyer dans l'indicible dimension de l'Amour. Quant à Florian, il aspirait à porter cette femme au-dessus de la prosaïque passion de la chair, une sublime communion à laquelle sa nature profonde l'exhortait. La jouissance de cette dernière fit vibrer toutefois chaque cellule de son corps. Il eut le sentiment de transcender le charnel et de s'élever vers une sorte d'éther. C'était sa première expérience du genre via une effusion amoureuse. À l'apogée du plaisir, Mélissandre connut pour sa part une grisante affinité du corps et de l'esprit.

Il embrassa la peau halitueuse de son amante dont il effleura délicatement les seins, le ventre, les cuisses tout en savourant les instinctuels frémissements de ce corps bien galbé. Dans son demi-sommeil, elle l'attira à elle, afin qu'il continuât de la nourrir de cet amour aux ineffables exhalaisons, qu'il en permît l'anthèse en elle et qu'il l'initiât encore à l'ascension vers l'acmé du bonheur.

-4-

Le corps chaud de Mélissandre excita le désir de Florian qui prît plaisir à exalter l'animal en elle. Très féminine, sensuelle et féline, elle s'offrit avec une exquise volupté tout en s'accordant au rythme de ses assauts virils. Ayant expérimenté le mystère de la communion au-delà du charnel, qui l'avait baignée d'amour en son tréfonds, elle en rechercha instinctivement le délicieux giron. Florian la guida avec une belle générosité sur cette voie subtile où plaisir du corps et ataraxie de l'âme se confondent. Une osmose qui permit une merveilleuse unicité de leurs êtres.

Après un copieux petit-déjeuner, consommé dans une ambiance paisible et joyeuse, ils se relaxèrent au lit tout en discutant.

- Plus le rêve est beau, plus la réalité est contraignante ensuite, déclara-t-il.
- Florian, tu m'as fait connaître un plaisir inoubliable … le bonheur absolu, mon chéri.
- Il m'a suffi de me laisser inspirer par toi, mon ange.
- Tout cela me semble trop merveilleux. Tes baisers, tes caresses et ta façon de me faire l'amour sont si …
- Si quoi ?
- C'est une indicible sensation, mon Florian, répondit-elle en se blottissant amoureusement contre lui.
- Je sens que tu reprendrais bien de ce succulent dessert.
- Mm, Mm, fit-elle d'une voix flûtée.
- Et ton avion ?
- Tu te lasses déjà de moi ? Regretta-t-elle avec une moue enfantine.

- Sais-tu combien d'hommes aimeraient être à ta place en ce moment ? Ajouta-t-elle orgueilleusement en caressant le torse imberbe et musclé de Florian.

- Ah ça, je ne doute pas que tu sois une femme très courtisée, soupira-t-il.

Elle lui donna un baiser tendre sur les lèvres.

- Je plaisantais naturellement. Ceci dit, ce qui se passe entre nous est très spécial, lança-t-elle.

- Qu'y a-t-il de si spécial à s'aimer ?

- Écoute, nous sommes restés tous deux pudiquement réservés sur nos vies et j'ai l'impression de te connaître depuis des mois, voire des années.

- Il en est de même pour moi, mais il s'agit là d'un phénomène courant. Nos âmes se retrouvent tout simplement.

- Oui, on peut dire ça, rétorqua-t-elle pensivement. En tout cas, pareille fusion est de l'ordre de l'exception.

- En vérité, nous sommes deux vieilles âmes et qui n'en sont pas, selon moi, à leur première expérience ensemble.

Mélissandre se mit à réfléchir tout en fixant le plafond. Florian contempla le pétillant regard bleu teinté de gris, les doux linéaments du visage ainsi que la longue chevelure soyeuse et joliment ondée de cette dernière. Du bout des doigts, il lui caressa avec force délicatesse le front, le nez et la bouche.

- Florian, je t'ai menti, avoua-t-elle à brûle-pourpoint.

- Sache que je n'ai pas été dupe, répondit-il, l'air subitement rembruni.

- Je ne suis pas certaine que nous parlions de la même chose. Ce mensonge est des plus anodins.

Il éclata de rire.

- Oh, mais tu es un sacré comédien ! S'exclama-t-elle en lui pinçant tendrement la joue. C'est bien ! Montre-toi sous ton vrai jour, mon chéri.

- Allons, confessez-moi votre péché, ma fille.

- Je ne sais si on peut qualifier cette faute bénigne de péché, mon père.

- La plus petite faute est un péché, ma fille.

- Alors, je rends grâce pour votre pardon, mon père, dit-elle en joignant les mains.

- C'est bon, je reçois exceptionnellement à résipiscence.

Ils s'amusèrent de leur petite comédie.

- Tu te souviens quand je t'ai dit avoir perdu ton numéro de téléphone.

- Oui, très bien.

- Sache que c'était faux. Je l'ai jeté pour ne pas être tentée de te rappeler.

- Heureusement que le destin nous a fait nous croiser une deuxième fois à l'aéroport, sinon ce beau moment serait demeuré dans les limbes.

- J'avoue que ces événements … notre première rencontre, l'aéroport, tendent à prêcher en faveur d'une sorte de prédestination.

- Un jour, tu verras un grand signe, ma chérie. En tout cas, je note que tu me fuyais et que…

- Quel signe, verrai-je ? Interrompit-elle.

- Je ne connais pas sa nature, mais je sais qu'il t'en sera fait un grand.

- Concernant ce petit bristol … que j'ai déchiré, mon Florian chéri … je suis sincèrement désolée. Toutefois, personne ne m'avait envoyé en pleine face et avec une incroyable assurance : « *Je suis un serviteur de Dieu* ».

- Tu en doutes ? En outre, j'ai dit … un humble serviteur de Dieu.

- Oui, c'est vrai. Mais comment peux-tu servir Dieu sans être un ecclésiastique ou un religieux ? Les deux ne vont-ils pas de pair ?

- Tu ignores visiblement que des personnes sont appelées à le servir autrement. Pardonne-moi de devoir garder pour moi ce qu'il en est exactement.

- Il fallait que ça tombe sur moi ! L'homme de ma vie est une incroyable énigme. De toute manière, je ne fais jamais rien comme les autres.

- Au contraire, tu devrais te réjouir de ne pas être une femme commune, mon ange.

- Ce service à Dieu et notre relation sont-ils compatibles ? S'enquit-elle.

- Honnêtement, je n'en sais encore rien.

- Seigneur, les complications commencent, regretta-t-elle.

- J'aurais tant aimé te faire une meilleure réponse. Je suis vraiment confus.

- Je ne suis pas une aventurière, Florian. Ton magnétisme et ton charme m'ont privée de ma lucidité et entraînée dans cette folle passion. Quoique tu m'aies fait passer la nuit la plus extraordinaire de mon existence.

Cette déclaration au ton pathétique le bouleversa.

- Crois-moi, Mélissandre, je n'ai pas cherché à te séduire et je n'ai pas tiré non plus de plan sur la comète dans ma tête en te proposant de finir la soirée chez moi. J'avais simplement le désir d'être avec toi, de prolonger l'harmonie du repas et que nous débattions tranquillement des sujets restés en suspens. Je voudrais pouvoir te dire : « *Vivons le restant de nos jours ensemble !* ». Dieu est Amour et il soutient les êtres qui s'aiment d'un cœur sincère. Toutefois, je me trouve dans une situation particulière qui ne s'avère pas compatible ... normalement ... avec une vie de couple.

- Tu évoques une probabilité et, donc, la possibilité qu'il en soit autrement.

- Absolument. J'admets que cette réalité puisse t'apparaître aberrante.

- Je la qualifierais plutôt de grotesque.

- C'est ton droit, acquiesça-t-il d'une voix monocorde.

- Écoute-moi, Florian ! Cette ambiguïté complique trop notre relation. J'ai l'impression de te partager avec une rivale, même s'il s'agit de tout autre chose. Tu me plais énormément et j'aurais beaucoup apprécié de continuer longtemps avec toi. En me réveillant, j'étais heureuse de cette nouvelle vie, mais ce … ce maudit engagement a anéanti mon enthousiasme.

Les yeux mouillés et la colère rentrée de Mélissandre attristèrent Florian. Il craignait l'orage prêt à éclater. Il voulut la serrer dans ses bras pour tenter de la consoler de cette peine qu'il lui infligeait involontairement, mais elle se rebella :

- Non, Florian ! Je t'en prie, laisse-moi ! C'est vrai, j'ai envie de faire l'amour avec toi, mais je préfère une coupure franche … quitte à souffrir horriblement. Puis-je prendre un bain je te prie ?

Il se leva et se dirigea vers la salle de bains pour y faire couler un bain chaud. Tandis qu'elle se préparait, il critiqua *in petto* cette particularité qui l'obligeait à marcher de façon aussi drastique, voire qui le mettait à part.

En chemin vers l'aéroport de Roissy Charles de Gaulle, Mélissandre faisait en sorte de ne pas dramatiser la situation. Elle se sentait affreusement morose ; bien qu'elle renfonçait ses larmes pour qu'il ne gardât pas un mauvais souvenir d'elle. De son côté, Florian se murait dans un silence stratégique. Enclin au stoïcisme, il n'entreprit pas de la supplier de se montrer plus compréhensive ou plus indulgente.

- Avant de te rappeler, je venais d'interrompre ma relation avec un homme, confessa-t-elle. Celle-ci s'enclavait dans le banal et avait pris, de plus, un tour bancal. Voilà pourquoi, j'avais déchiré ta carte après notre première rencontre à l'aéroport. Je ne voulais pas mener une double vie, même si l'événement du croisement de nos routes constituait un motif propre à précipiter ce changement. Il m'a prié de réfléchir et il va user de son intarissable verve pour m'inciter à revenir avec lui à mon retour à Genève. Or ce bonheur dans tes bras m'empêcherait d'en espérer un autre dans les siens. À présent, j'éprouve seulement le besoin d'être seule avec ce magnifique souvenir.

La gorge nouée, il l'écoutait. Il s'imprégnait aussi de ce doux timbre pour s'en repaître ensuite. Il la remerciait en son for intérieur de n'être pas une femme ordinaire, louant en lui-même sa noblesse d'âme et comprenant qu'elle refusât le compromis d'une relation instable. À l'aéroport, elle l'embrassa sur les joues tout en le conjurant de repartir immédiatement. Il respecta donc son envie d'écourter cette scrutation de leur tristesse mutuelle. Subodorant qu'elle allait le haïr, s'insurger même contre ce prétendu destin, il pria pour que la Lumière du Seigneur l'inspirât positivement en son esprit.

Elle partait en ignorant combien il s'était énamouré d'elle ainsi que le tiraillement en son cœur entre deux amours. Comme elle ne lui avait pas communiqué son numéro de portable, il se retrouvait à devoir revivre l'époque de leur première rencontre. Il redoutait l'attente fébrile d'un appel, le serrement d'estomac à chaque sonnerie du téléphone et la déception de ne pas entendre la voix espérée. Sa pensée caressait déjà la mémoire de leur fusion et ses rêves ne manqueraient pas de lui en rappeler le manque. Plutôt que l'étourdissant échange sensuel, il préférait toutefois se nourrir de la merveilleuse communion de leurs êtres. Au faîte de sa jouissance, Mélissandre lui avait dit : « Je t'aime » ; puis ils s'étaient promis un amour éternel. Désormais, son âme appellerait celle qui l'avait tant comblée et son ego aspirerait à retrouver le chemin de l'extase érotique.

Il l'imagina avec cet homme qu'elle avait quitté et qui possédait l'avantage de connaître ses points faibles ainsi que la manière de briser sa résistance. Son cœur fragilisé en viendrait certainement à se réjouir de cette opportunité de tendresse, en dépit de son intention de ne pas se laisser convaincre. Il espérait que ces pensées d'amour, qu'il envoyait vers elle, lénifieraient sa frustration et l'influenceraient favorablement. Quant à lui, il sentait déjà l'affreuse torture de l'abandon. Sa mémoire gardait la belle expression du regard – un beau bleu dans un camaïeu de gris – ainsi que l'envoûtant timbre de voix de Mélissandre. Cette expérience avait-elle pour but de l'obliger à un travail sur lui-même ? Il implora Dieu de l'éclairer sur le chemin dessiné par sa Haute Sagesse tout en requérant son Pardon. Celui-ci le menait-il à présent vers l'épreuve qu'il réservait aux missionnés ayant failli à leur engagement ?

Mélissandre était retournée à Genève, le cœur débordant d'angoisse. Cette relation fugitive avec Florian l'avait terriblement marquée et renvoyée à la douleur, certes moins virulente, des précédentes. Bien que trouvant absurde cette rupture impulsive après une si belle harmonie, elle refusait de vivre un bonheur en pointillé. Sa petite voix lui soufflait, pourtant, que Florian était son complément et que nul autre ne saurait la nourrir aussi complètement. La particularité de cet homme l'incitait à pressentir une raison ésotérique derrière ce rapprochement. Elle aurait de beaucoup préféré que cet amour fût d'une belle limpidité et leur échange une illusion, consciente de forcer sa nature.

-5-

Florian continuait docilement sa traversée du désert vers un but hermétique et encore imprécis. Ne sachant pas si une femme pouvait l'accompagner sur cette route, il se résolvait à l'apparent impératif d'une existence solitaire. Que n'entendait-il soudain que Mélissandre était celle envoyée vers lui pour marcher à son côté et que ce service à Dieu n'impliquait pas, en final, une astreignante ascèse. Eût-il cette grâce, il se précipiterait à Genève, puis il écluserait toutes les possibilités pour la retrouver. Peut-être se confronterait-il alors à son indifférence et à un irrémédiable terme quand elle lui annoncerait : « *Je me suis fait une raison de cette impossibilité et j'ai cédé à l'appel d'un nouvel amour* ». Il lui faudrait dépasser cette amère déception tout en se résignant et en acceptant avec douceur, comme à l'accoutumée, la voie tracée.

Mélissandre avait momentanément suspendu ses conférences parisiennes, craignant un revif de braises fossiles lors de ses déplacements vers ce lieu témoin d'un bonheur illusoire. Nul doute que la superficialité de l'oubli la ferait retomber dans cette même aboulie qu'elle avait dû sublimer à son retour à Genève. Partant, elle s'était organisée différemment pour ses conférences, payant les services d'une attachée de presse qui se chargeait de la promouvoir en Europe, aux États-Unis et au Canada. Concernant la France, elle lui avait imposé de se limiter aux villes de Lyon, Marseille et Strasbourg sans lui dévoiler l'intime motif de cette décision. Elle privilégiait désormais l'intellect, soucieuse d'assourdir les geignements de son cœur en manque d'amour.

Chapitre 6

Une fuite de raison

Un an plus tard …

Bien qu'effectuant habituellement ses voyages entre Paris et Milan par avion, Florian avait éprouvé cette fois l'impulsif désir de passer deux ou trois jours à Lyon. Une ville dont il appréciait l'aspect provincial. Ainsi il s'était envolé de la métropole Lombarde vers Lyon-Saint-Exupéry avec l'intention de rallier la capitale française par le TGV, un moyen plus efficace entre ces deux destinations. Le billet réservé, il but d'abord un verre en parcourant un quotidien. Puis il flâna dans le hall de la gare Lyon Part Dieu, afin de tromper l'ennui ; en effet, le départ de son train n'avait lieu que dans une heure trente. Il réfléchissait à mille choses quand il eut soudain l'impression d'halluciner. Ce fugitif instant de fantasmagorie passé, il se sentit parcouru de la tête aux pieds par un frémissement de joie.

- Mélissandre ! S'exclama-t-il, le cœur battant.
- Bonjour, Florian, répondit-elle sans emphase.
Ils s'embrassèrent amicalement sur les joues.
- Si une voyante m'avait prédit que je te reverrais dans cette circonstance, j'aurais accueilli cette prédiction avec un grand scepticisme. Es-tu venue ici pour donner une conférence ?
- Tout à fait. Et toi, pour accomplir une œuvre secrète ?
La pointe d'animosité dans la voix de Mélissandre ne manqua pas d'égratigner sa sensibilité.
- Je suis tout simplement en villégiature. De Milan, j'ai brusquement décidé de faire un crochet par cette ville que j'aime bien. Une impulsion qui ressemblait quand même à une poussée du destin.

- Pur hasard, rétorqua-t-elle avec un charmant sourire.

Il comprit qu'elle cherchait à lui faire savoir que sa croyance en une inéluctable destinée entre les personnes se révélait être une monstrueuse utopie. En réalité, cet impromptu interpellait Mélissandre qui luttait de tout son être pour que son émoi ne transparût pas.

- Sache que je comprends tout à fait que tu m'en veuilles, confia-t-il.

- Je t'ai pardonné, Florian.

- Il est important de savoir pardonner. Aussi ne ressuscitons pas les vieux spectres. Que dirais-tu de boire un verre ?

- Ce ne sera pas possible, dit-elle sèchement. J'ai un train pour Genève dans quinze minutes à peine. D'ailleurs, excuse-moi, mais je dois te laisser à présent.

Elle l'embrassa rapidement de façon amicale.

- Cela me ferait plaisir que tu m'appelles, se hasarda-t-il.

- Non, Florian.

Mélissandre se sauva précipitamment et Florian la regarda s'éloigner vers une des portes menant aux quais. Quoique très belle, elle lui était apparue moins radieuse que la fois dernière. Par conséquent, qu'elle pût encore souffrir de cette désillusion le peinait énormément. Il s'en voulait, après coup, de n'avoir pas eu le réflexe de la réconforter en lui confiant qu'elle ne cessait d'occuper sa pensée. Ce clin d'œil de la Providence le rendait heureux tout en suscitant sa perplexité. Contrairement au commun des mortels, il n'était pas tenté de prendre cet événement pour une banale coïncidence ; même s'il craignait parfois de s'astreindre de son propre chef à cette austérité et de s'illusionner via une marche spirituelle inspirée par son imaginaire. L'ésotérisme de ce chemin le déconcertait, y eût-il au-delà une épreuve de foi.

Florian avait perçu l'émotion de Mélissandre, en dépit de son effort pour la dominer. Il en déduisait que l'indifférence de cette dernière avait été plutôt une réaction d'introversion, n'imaginant pas qu'elle ait pu feindre consciemment une attitude ; vu qu'elle était d'une nature spontanée, outre son tempérament germanique. Il espérait qu'une petite flamme d'amour continuait de briller dans un coin de son cœur et qu'elle en viendrait à reconsidérer sa position. Il nageait en plein dilemme ; en effet, il souhaitait qu'elle fût heureuse tout en souffrant de ce qu'elle pourrait être en train de se consoler dans les bras d'un autre. Il trouvait soudain terriblement amère cette impossibilité de la combler par un bonheur merveilleux. Se cherchait-il des raisons propres à justifier une rupture de son engagement avec l'invisible et à lui permettre la vie d'un homme ordinaire ? Comme il ne lui avait pas été donné la capacité de décrypter la vérité, il interprétait cette situation comme un ostracisme, voire le résultat de son incartade d'une nuit avec Mélissandre. Il déplorait cette impéritie qui la plongeait vraisemblablement dans le malheur et qui l'obligeait, quant à lui, à endurer un inutile tourment. Il voulait croire qu'elle se désolait de sa retenue, qu'elle regrettait qu'il n'ait pas pris la peine de l'amener à regarder cet empêchement avec indulgence. Ce faisant, il l'avait peut-être poussée à jeter au rebut son reste d'espérance et à partir à la recherche d'un hypothétique soulagement auprès de son dernier petit ami. Il se souvenait néanmoins qu'elle lui avait confessé ne plus être en capacité d'aimer un autre homme après leur nuit fusionnelle. Une année s'étant écoulée depuis celle-ci, il pensa qu'elle avait enseveli à présent cette intention. D'ailleurs, il s'était agi d'une déclaration au sortir de l'extase. Il tâcha finalement de banaliser l'impulsion qui l'avait induit à passer par Lyon.

Dans le TGV filant à vive allure vers le chef-lieu de la Suisse Romande, Mélissandre réfléchissait ... les yeux clos. Contrairement à son habitude, elle avait relégué son intellect au second plan. Elle ne se sentait pas en état de retranscrire les réflexions des participants à sa récente conférence ni d'améliorer le discours de la prochaine, trop perturbée par cette rencontre inopinée dans le hall de Lyon-Part Dieu. Elle entreprit plutôt de visualiser les traits de Florian et de tenter de communiquer mentalement avec lui. Puis elle examina le déroulement de ce face-à-face que ni l'un ni l'autre n'avaient su entourer de charme.

Leurs pas avaient-ils été guidés par une force occulte jusqu'à la croisée de leurs routes ? Florian ayant confié s'être décidé sur un coup de tête à faire un crochet par Lyon, elle s'interrogeait au sujet de ce hasard qui les ramenait régulièrement l'un vers l'autre. Elle aurait aimé parvenir à lui faire entendre l'absurdité de cette contrainte qu'il s'imposait, convaincue que Dieu ne l'y forçait guère. Que ne réalisait-il la beauté de leur amour et, donc, que Celui-ci ne le blâmerait point de préférer cette authentique union à une conjecturale félicité. La concernant, cette nuit avec lui n'avait pas été un moment d'assouvissement des sens ou une simple passade.

Cette fierté ridicule, derrière laquelle tous deux s'étaient abrités, la contrariait. Elle avait arboré un air détaché et montré une apparente insensibilité, mais en s'empressant de fuir avant que sa cuirasse ne fondît. Elle n'avait pas voulu que Florian soupçonnât sa frustration et qu'il se crût obligé de faire preuve de compassion. Il s'en était pourtant fallu de peu qu'elle ne libérât son enthousiasme et ne se jetât à son cou. Elle rechercha au fond de son cœur ces subtils effluves dont il l'avait imprégnée jadis. Si d'aventure leurs destins ne les amenaient plus à se revoir, cette osmose au-delà du charnel resterait, pour elle, une délicieuse expérience. Que n'avait-il pris l'initiative de la serrer dans ses bras à la gare ! Elle ne se serait que mollement regimbée et, assurément, laissée envoûter par son indicible magnétisme.

Elle sortit le téléphone portable de son sac pour l'appeler, puis elle se ravisa. Elle répugnait, en effet, à quémander de l'affection, à le détourner de ce chemin qu'il s'était choisi et auquel il semblait croire fermement. Pourquoi l'avoir aussi exquisément aimée, puisqu'il connaissait cette curieuse impossibilité d'une vie avec une femme ? Elle n'imaginait pas, cependant, qu'un homme d'une telle hauteur d'âme n'eût à l'idée, ce soir-là, que l'ordinaire satisfaction d'un désir. Inspirant plusieurs grandes bouffées d'air, elle essaya d'évacuer le trop-plein d'angoisse tout en fustigeant Florian, en pensée, pour le vide d'amour auquel son statut religieux la condamnait. Elle n'aspirait pas à un bonheur avec un autre que lui, malgré la précarité de celui-ci.

Chapitre 6

Un attachement ancré dans l'âme

-1-

Huit jours passèrent durant lesquels …

Mélissandre estimait stérile de continuer à refouler son envie de voir Florian, fût-ce à titre amical. Elle prit donc l'initiative d'un appel, quitte à sombrer plus encore dans la désillusion.

- Florian, j'ai pensé que nous pourrions profiter de ma prochaine venue à Paris pour nous rencontrer.

Elle se gardait bien de lui préciser qu'elle venait intentionnellement, poussée par un viscéral besoin d'un moment avec lui.

- J'en serais ravi, Mélissandre. Si j'avais eu ton numéro de portable, je t'aurais …

- Nous nous verrons en amis, coupa-t-elle. D'ailleurs, une relation de type strictement amical devrait mieux te convenir.

- Après ce que nous avons connu ensemble, la contrainte d'une amitié ne sera pas évidente.

- Eh bien, ce travail sera l'occasion de dépasser nos pulsions, rétorqua-t-elle en prenant un ton plutôt professoral.

- Entendu, Docteur Tizières-Hattinger. De toute façon, mon parcours spirituel m'a aguerri à la sublimation de mes désirs instinctuels.

Elle ne commenta pas cette dernière remarque de façon à ne pas évoluer sur un trop long débat au téléphone. Elle était consciente, pareillement à lui, de s'imposer une redoutable ascèse via cette décision.

Ils s'étaient donné rendez-vous dans une brasserie non loin du Louvre, puisque Mélissandre avait refusé que Florian vînt la chercher à l'aéroport. Ne dérogeant pas à son habitude, et devinant qu'elle serait là à l'heure pile, celui-ci arriva en avance. La lumière sur le visage de celle qui avait accompagné chaque instant de sa vie, depuis leur séparation, le réjouit, en dépit d'une petite lueur d'anxiété dans le regard. Il était heureux de la faveur que cette Talie lui faisait, alors qu'il avait cru que le sort le privait à jamais de son charme. Après la sécheresse de leur bref échange à Lyon, il luttait lui aussi contre une légitime appréhension. Se souvenant du ton caustique des réparties de Mélissandre, il se demandait ce qui avait bien pu l'amener, entre-temps, à envisager cette autre forme de relation. Après les formules d'usage, il évita stratégiquement une discussion trop intellectuelle ; car il craignait de glisser vers des sujets épineux et d'obombrer, ce faisant, cette harmonie naissante. Il mesurait la fragilité de ce bonheur semblable à un enchantement qu'une maladresse pourrait flétrir. L'amour était-il revenu vers lui, dissimulé sous un faux-semblant ? Pour sa part, Mélissandre se laissait guider par un prosaïque et charnel désir de bien-être.

- Bien que Paris soit agréable, j'aspirerais à demeurer dans un endroit plus calme, confessa-t-il.
- Puisque tu l'évoques, j'avoue que ce choix de la capitale m'a étonnée.
- À cause du bruit ?
- Parce que, à mon humble avis, la vibration de ce lieu n'est pas très compatible avec ton travail spirituel.
- Je l'admets. La vie dans le hourvari d'une grande ville n'est pas idéale dans mon cas. Ceci dit, ma présence ici n'est pas fortuite et il ne m'appartient pas, non plus, de choisir le moment du départ.

- Ni de la destination, je suppose, renchérit-elle.

- Cette réflexion semble venir de très haut, osa-t-il.

Mélissandre posa sur lui un regard pensif. Il aimait tant ces yeux magnifiquement limpides.

- Tu parles comme si tu n'avais pas de libre arbitre, lâcha-t-elle soudain.

- Je me sens enclin à en user avec discernement. Je conçois que cette particularité puisse te rendre dubitative.

- Que se passerait-il sinon ?

- Je vais encore te heurter, ma chère, en te disant que la sanction n'est pas de ce monde. Je crois à la portée de mes actes au-delà de cette incarnation. Un fait qui m'incite en général à la vigilance.

- Tu es vraiment un homme à part, Florian. De même, tu n'es pas l'homme de n'importe quelle femme.

- J'en conviens. Dieu seul sait s'il en est une pour moi dans cette vie.

- En tout cas, l'ascétisme monastique ne paraît pas être ton destin.

- Je vois que tu te réfères à notre nuit ensemble. Puisque tu m'en donnes l'occasion, je te précise qu'il ne s'est pas agi pour moi d'une simple satisfaction libidinale.

- Il en a été de même pour moi, Florian. Nul doute que le Ciel te fera la grâce de la femme exceptionnelle capable de t'accompagner.

- Il a peut-être déjà envoyé cette personne vers moi.

Une jolie nitescence orna le regard scrutateur de Mélissandre. Que n'était-il en mesure d'accéder à son subconscient pour y lire ces non-dits qu'elle cachait pudiquement.

- Insinuerais-tu que je…

- Je ne connais que toi, Mélissandre.

- Tu remets en cause notre pacte d'amitié en disant cela.

- L'amour est un grand fleuve et l'amitié un de ses affluents. Certes, cette dernière n'est pas facile entre un homme et une femme.

Un silence suivit pendant lequel chacun sondait la pensée de l'autre.

- Notre rapprochement aura été un moment bien fugitif, quoique merveilleux, reprit-elle. Durant cette année loin de toi, je me suis fait une raison et guérie de cette désillusion. Quant à toi, tu n'avais pas le choix.

- Je te répète que cela n'était pas une aventure.

- Mon cœur cartésien soupirait après un bel idéal, poétisa-t-elle. Pardonne-moi d'enfoncer le clou, mais j'ai l'impression que cet éloignement ne t'a pas vraiment affecté.

- Détrompe-toi ! Disons plutôt que je m'en suis fait une obligation.

- Alors, prouvons à l'amour qu'il peut devenir une belle amitié, lança-t-elle d'une voix ferme.

- Il faut savoir humilité garder face au destin, répondit-il sentencieusement.

- Ah, le destin ! S'exclama-t-elle. Je doute qu'il en soit un pour moi. Dans le cas contraire, je le trouve cruellement insolite.

- Dis-toi qu'il est conforme au désir de ton âme. Ainsi, tu l'accepteras mieux.

- Cela signifie-t-il que ma vie serait moins compliquée si j'en arrivais à cette acceptation ? Encore faudrait-il que je sache en décoder le contenu.

- Il ne te servirait à rien d'en tenter le décryptage par l'intellect. Si tu crois sincèrement que le Divin t'a tracé une voie spécifique, celle-ci s'éclairera tôt ou tard.

- Je vais méditer ton conseil. À propos, j'ai essayé d'améliorer mes conférences à partir de tes remarques. Tu vois, elles ne sont pas tombées dans l'oreille d'une sourde.

- Quels points exactement ?

- Pour le moment, je me suis appliquée à rechercher le chemin d'une plus haute inspiration. Il m'est déjà venu des idées intéressantes.

- C'est-à-dire ?

- Des pensées qui corrigent l'ambiguïté de mon propos ; ce dont tu m'as fait le reproche. Ce n'est encore qu'un début.

- Je n'ai jamais douté de ton intelligence, Mélissandre. Tu as accompli le pas apte à te faire grandir. Vois-tu, je suis fréquemment étonné d'entendre des personnes évoquer le Cosmique comme s'il fût une galaxie, un univers « adéisé » ; c'est un néologisme de mon invention qui signifie sans Dieu. Ce monde se complaît dans les ténèbres de la vanité et d'absurdes certitudes. Le mercantilisme spirituel est le chantre d'une pléthore de gourous uniquement préoccupés par l'appât du gain. Quand l'humanité fera le pas de l'évidence de Dieu, elle sortira de ce froid désert. Dieu donne la vie avec un Amour infini et, sans Lui, nous n'existerions pas. Voilà une vérité simple, mais essentielle.

- C'est une question de foi. Si j'admets l'existence de lois qui ordonnent l'Univers, je reste critique à l'égard de l'éternité de la vie.

- Je constate que ta prière n'a pas vraiment porté ses fruits. Ton cartésianisme résiste et explique ce genre de contradiction. De ta foi en la transcendance de Dieu dépend ton évolution sur la compréhension de la Vie ... un concept éminemment hermétique. Certes, une foi magnifique et inconditionnelle est une grâce. Cette conviction m'induit à la compassion envers l'exécrable arrogance humaine.

- Tu me fais toucher du doigt mes déficiences spirituelles.

- C'est bien que tu le reconnaisses, Mélissandre. Je te répète que Dieu est une évidence et non une croyance. Fais-en ton credo et il s'ensuivra un épanouissement de ta foi. Finalement, notre rencontre n'aura pas été aussi vaine.

- Peut-être n'es-tu venu vers moi que pour me guider après tout.

- Je ne suis pas sur la Terre pour guider qui que ce soit. Partant du postulat que les êtres humains doivent s'enrichir mutuellement, je t'apporte ce que j'ai appris et, en échange, tu me fais profiter de ton expérience.

- La prochaine fois, je viendrai avec le texte de la conférence et tu me diras ce que tu en penses.

- Volontiers. Dis-moi, à quelle heure dois-tu repartir ?

- J'ai réservé le vol de 21h15. Je t'invite à dîner, un repas express naturellement.

- Pourquoi ne pas dîner tranquillement chez moi. Il y a un excellent traiteur dans le centre de Neuilly. Tu pourrais dormir ensuite dans la chambre d'ami et repartir demain matin.

- Alors, tu me promets que tu respecteras notre pacte.

- N'aurais-tu pas peur plutôt de toi-même ?

- Absolument pas ! Bon, j'accepte. Je vais téléphoner pour déplacer le vol.

-2-

Après s'être arrêtés chez le traiteur où Mélissandre avait concocté le menu, ils arrivèrent joyeusement dans le petit domaine neuilléen de Florian. Dans la cuisine, elle prit généreusement les choses en mains. En la voyant ainsi affairée, il lui vint tout à coup le désir de s'approcher d'elle, d'entourer sa taille, de l'embrasser dans le cou, d'humer sa peau, ses cheveux, … de vivre simplement un moment de complicité avec elle. Par bonheur, il domina sa pulsion, conscient qu'elle l'aurait gentiment renvoyé à sa promesse et aurait mis en exergue la fragilité de sa maîtrise ainsi que la crainte d'un dérapage. Or il n'avait pas nourri la moindre arrière-pensée en suggérant cette soirée chez lui ou en lui offrant l'hospitalité pour la nuit.

Florian dressa gaiement la table pour deux, heureux de ce répit dans sa triste solitude. Mélissandre avait agrémenté les plats et préparé une salade composée. Végétarienne, elle associait consciencieusement les aliments en fonction de leurs apports caloriques et vitaminiques. Manie typiquement féminine, elle apporta sa petite touche à la décoration de la table qu'elle eût l'idée d'orner de deux bougies parfumées. Il appréciait sa bonté et sa noblesse de cœur, deux vertus qui la prédisposaient, en final, au don de soi. Le requiem de Fauré, une musique moins religieuse que ces chants grégoriens qu'il prenait plaisir à écouter en dehors de ses heures de prière, vint compléter ce cadre intime.

- Voilà une soirée qui s'annonce sympathique, confia-t-elle.

Assis face à elle, il l'observait en train de jouer à la maîtresse de maison. Il désirait soudain qu'elle envahît son existence. Intelligente, spirituelle et très féminine, elle ferait indubitablement le bonheur d'un homme. Elle représentait cependant ce genre de femme qu'il fallait mériter. Quant à leur différence d'âge, puisqu'elle était dans sa trente-cinquième année et, lui, dans sa cinquante-troisième, elle ne l'avait jamais évoquée ; même si cet écart ne revêtait plus la même importance dans le nouveau contexte amical.

Le repas se déroula dans une ambiance sereine et faussement platonique, tous deux luttant en réalité pour respecter la limite convenue. Florian guettait le murmure libérateur, la confirmation par la voix ténue au fond de son oreille que son engagement de foi n'était plus à l'ordre du jour. De son côté, Mélissandre se retrouvait prisonnière de cette contrainte qu'elle avait érigée en règle et qu'elle mettait un point d'honneur à observer.

- Florian, je me suis souvent demandé comment tu avais vécu cette rupture, certes brutale, entre nous. J'ai craint, après coup, que tu ne m'aies trouvé quelque peu mijaurée.
- N'avons-nous pas dépassé ce stade, Mélissandre ? Suivons stoïquement la voie nouvelle que nous nous sommes imposés et oublions ce passé.
- Je ne cherche pas à ressusciter le passé pour simplement meubler la discussion. En fait, il m'apparaît nécessaire d'évacuer tous sentiments refoulés pouvant nuire à l'épanouissement de notre amitié.
- Je reconnais là le docteur. Concernant ta précédente question, sache que j'ai trouvé tout à fait sensé ton refus de continuer cette relation incertaine.
- De toute façon, j'ai manqué de sagesse en passant la nuit avec toi ; puisque tu m'avais annoncé la couleur … tout au moins, à mots couverts.
- La perfection n'est ni terrestre ni humaine, ma chère.
- Je n'ai jamais regretté ce moment entre nous qui restera, même, le plus beau de mon existence.

- Sur ce point, je te rejoins. Crois bien que j'ai souvent culpabilisé à cause de ce que je suis et de l'empêchement que cela crée entre nous.

L'évocation de ce souvenir réveilla un douloureux frémissement dans le cœur de Mélissandre.

- Florian, je n'ai jamais connu cette force dans l'amour, dit-elle la gorge nouée. Aussi, cette privation m'a-t-elle semblé éminemment injuste.

- Crois-moi, j'aurais préféré qu'il ne fût pas un tel chemin pour moi au moment de notre rencontre.

- Théoriquement, ton élévation spirituelle aurait dû te permettre de vaincre cette tentation.

Étant donné qu'elle le plaçait face à sa faiblesse tout en l'élevant sur un piédestal, il prit le parti de se parer d'un vêtement ordinaire.

- Comme tout un chacun, je suis victime de la dualité ego/âme.

Ils se regardèrent dans les yeux tout en se jaugeant mutuellement. Il attendait qu'elle prît l'initiative de rompre ce silence. Elle se refusait, pour sa part, à instaurer une compétition psychologique entre eux.

- Tu restes un humain avec tes zones d'ombre. Ce qui rend ton fameux engagement bien aléatoire, fit-elle observer.

- Je conçois que ce type d'engagement puisse paraître aberrant. Quant à moi, je sais qu'il n'est pas une fantasmagorie.

- Ce n'était pas le sens de mon propos, Florian. Si tu m'en disais un peu plus … je pense être en mesure de comprendre cette chose que tu dis incompréhensible.

- Je crains que tu en contestes la vérité.

- Donc, tu ne me juges pas assez évoluée sur le plan spirituel.

- Là n'est pas le problème, Mélissandre. Il m'apparaît plutôt que tu dénigrerais le déroulement du processus.

- Je maintiens que tu me juges spirituellement limitée. Tant pis ! Sache toutefois que je respecte ton désir de discrétion.

- Je n'ai pas cette opinion de toi, bien que je ne voie pas l'intérêt de te convaincre. Par contre, tu as fait une réflexion, tout à l'heure, dont j'aimerais que nous parlions.

- Je t'écoute.

- Je sens que tu entretiens toujours des regrets à l'égard de cette situation entre nous. Tant que ton cœur gardera une telle frustration en filigrane, tu ne me considéreras pas comme un véritable ami.

- As-tu effectué toi-même cette introspection ? Réponds-moi sincèrement, Florian.

- Franchement, je pense avoir clarifié cette question en moi.

- Ce qui signifie que tu ne me considères plus que comme une amie. J'admire la maîtrise avec laquelle tu as franchi ce cap.

- Je ne te comprends plus, Mélissandre.

- Si nous cessions de nous mentir, de feindre …

- Cette amitié était ton projet et je m'y suis gracieusement plié.

- Je n'ai pas trouvé une meilleure raison pour continuer à te voir, avoua-t-elle en baissant le regard et en émiettant machinalement le pain sur la nappe.

- Sois certaine que cette comédie me pèse tout autant. Cette amitié est en définitive un pis-aller absurde, Mélissandre.

- Ce transfert était sans doute une nécessité.

- Pourquoi nous imposons-nous une œuvre sacrificielle ? Suivons plutôt l'inclination de notre cœur.

- Mon Florian chéri !

Se levant simultanément de table, ils s'embrassèrent avec passion. Leurs corps étaient désireux de libérer une irrépressible envie.

- Nous n'avons pas fini le repas, lança-t-il malicieusement.

- J'ai seulement faim de toi désormais, lui chuchota-t-elle à l'oreille.

Dans la chambre, chacun déshabilla l'autre avec ardeur, puis ils firent l'amour sans préliminaires. Tous deux avaient hâte de rassasier un besoin humain de charnel. Ils purent s'aimer ensuite en prenant le temps de s'apprécier pleinement, Florian poursuivant la voie d'un amour sur laquelle Mélissandre lui emboîtait le pas avec soumission. Portée à son paroxysme, la jouissance du corps se mua en une forme plus élevée de plaisir. Ils n'avaient pas conscience d'être influencés par leurs âmes en quête d'absolu au sein de la dimension ambrosiaque de l'Être. Elles pourraient y fusionner dans le lumineux giron de l'Amour, un univers vibrant de vie. Mélissandre s'accordait instinctivement aux désirs de Florian qui la transportaient vers un bonheur exceptionnel.

Au sortir de cette union symbiotique, Mélissandre incita Florian à la replonger dans ce bain merveilleusement jouissif. Elle aurait tant aimé s'y éterniser, ne plus jamais en revenir même.

- J'avais tant envie de toi, mon amour, confia-t-elle en se trémoussant sensuellement contre lui.
Florian contemplait, sans mot dire, la magnifique lumière inondant le regard bleu joliment enduit de gris de Mélissandre.
- Me voilà jalouse maintenant de toutes ces femmes que tu as serrées dans tes bras.
- Tu peux.
- Comment ! Elles ont été si nombreuses ?
- Une centaine d'aventures environ, cela te paraît-il excessif ?
- Une centaine ! Allons, ça ne te ressemble pas.
Il éclata de rire.
- Heureusement, Dieu m'a préservé des ténèbres de la salacité et de la concupiscence, soupira-t-il.

- Mais il t'a doté d'un talent de séducteur, car tu fais divinement l'amour.

- Pour moi, le corps n'est qu'un instrument. Le véritable échange se passe au niveau de l'être. L'acte d'amour est finalement une alchimie entre le charnel et le spirituel.

- Je te confirme que cette alchimie a été parfaite. Mon corps et mon esprit ont vraiment connu l'osmose avec les tiens. Dommage qu'il ne me fût pas possible de suspendre le temps.

- Tout est périssable ici-bas et c'est mieux ainsi.

- En quoi est-ce mieux ?

- Parce que l'évolution est une constante universelle.

- Faisons encore communier nos âmes, pria-t-elle.

- Il n'est pas bon d'abuser des bonnes choses, plaisanta-t-il.

- J'ai lu dans un livre que l'amour guérit et …

- Il ne s'agit pas du même, ma chérie, coupa-t-il. Cette essence d'Amour dont le Divin nous instille possède effectivement de sublimes vertus. D'ailleurs, cette vérité devrait porter les humains à s'aimer plutôt qu'à s'entre-déchirer.

- Voilà une perspective qui est tout sauf terrestre, mon Florian. Espérer que l'humanité comprendra un jour ce qu'elle nie farouchement aujourd'hui est utopique. La Terre n'est-elle pas, en définitive, un lieu d'épreuves pour des âmes moyennement évoluées ? Si Dieu attend que l'homme entreprenne de lui-même son propre changement, Il le verra sûrement décliner.

- Le Tout-Puissant fait, prophétisa Florian. Tout est dans sa Pensée depuis l'origine. Ainsi l'humanité va vers le but conforme au Dessein Divin.

- Par conséquent, nous aurions tort de nous en faire.

Cette remarque adorablement candide le fit sourire.

- Crois-tu qu'il est l'heure de débattre métaphysiquement ? Ajouta-t-elle.

- Tu as raison, mon amour. Pardonne-moi. D'ailleurs, Morphée nous invite à le rejoindre.

Ils se souhaitèrent une bonne nuit. Serrés l'un contre l'autre, ils attendirent ensuite le sommeil. Mélissandre jouissait de cette plénitude tout en appréhendant le terrible moment où il leur faudrait à nouveau se séparer. Quant à Florian, il priait le Seigneur de l'aider à comprendre cet amour. Il espérait que celui-ci n'était pas qu'une simple expérience sur cet ésotérique sentier.

-3-

Pendant le petit-déjeuner, le visage anxieux de Mélissandre émut profondément Florian. Tandis qu'il lui prenait la main pour l'embrasser, elle éclata en sanglots. Il n'ignorait pas la raison de ce chagrin qui torturait, de même, son cœur.

Tirant sa chaise, il s'assit à côté d'elle.
- Je t'aime, lui chuchota-t-il à l'oreille.
- Moi aussi, je t'aime, Florian. Pourquoi … pourquoi faut-il que ce soit ainsi entre nous ?
- Dois-tu absolument partir ? S'enquit-il.
- Non, mais …
- Nous pourrions passer deux ou trois jours supplémentaires ensemble, suggéra-t-il en baisotant ses joues salées.
- Ce serait formidable, mon trésor. Cependant, je n'ai amené que le strict minimum. Je vais devoir aller acheter quelques vêtements de rechange.
- Qu'à cela ne tienne, il ne manque pas de magasins à Paris, lança-t-il gaiement.

Mélissandre retrouva sa bonne humeur et Florian se réjouit intérieurement de cette prolongation de leur complicité. Dans les grands magasins du boulevard Haussmann, elle opta pour des vêtements simples ; bien que des effets ordinaires la paraient élégamment comme elle connaissait, de surcroît, les couleurs seyantes à son teint. Il la remercia de ne pas l'avoir astreint à un pénible défilé de mode. Ils s'arrêtèrent ensuite au supermarché, préférant savourer ce temps dans une douce intimité chez lui. Pendant qu'il déchargeait le coffre de la voiture, elle rangeait les produits à sa façon dans les placards. Il ne lui déplaisait pas qu'elle entreprît de bousculer ses habitudes, rendant grâce, même, pour cette ingérence dans sa morne vie de célibataire.

Après que Mélissandre eût passé la tenue d'intérieur bleu roi et blanche, qu'elle venait d'acheter, tous deux s'attelèrent à la préparation du déjeuner en bavardant et en plaisantant ou en se chamaillant tendrement sur la manière de procéder. Florian acceptait volontiers la façon de faire de Mélissandre ; car son incompétence dans le domaine culinaire ne l'autorisait pas à se poser en donneur de leçon. Cette situation de couple l'interpellait. Il pressentait une sage orchestration céleste derrière le magnifique enchaînement des événements depuis l'appel impromptu de cette dernière. Lui montrait-on l'innocuité de l'amour charnel – pourvu qu'il y fût de la sincérité – et qu'il s'était fourvoyé en s'imposant la chasteté ? Ayant agi conformément à l'instruction reçue pendant ses prières, il avait l'impression d'être manœuvré, voire poussé vers une secrète finalité.

Le splendide rayonnement s'éployant sur le bois de Boulogne les incita à y flâner bras dessus, bras dessous. Ils appréciaient de pouvoir se promener ainsi dans la nature en traversant simplement le boulevard Maurice Barrès. Un avantage qui avait influencé, d'ailleurs, le choix de cet appartement. Mélissandre avait préféré cette paisible balade loin du hourvari parisien à la proposition de Florian d'une visite du Louvre ou de l'exposition sur les Étrusques au Grand Palais, voire de celle du Musée d'Orsay. Les silences entrecoupés de brèves remarques accentuaient la sérénité de ce moment. Elle s'emplissait l'âme de ce bonheur authentique pour en ressusciter les douces émanations quand viendrait l'inexorable temps de solitude. Tout en repoussant l'angoisse de l'éloignement, après ces jours dans une délicieuse harmonie, elle s'interdisait d'anticiper sur une éventuelle et triste perspective.

- Florian, mon amour pour toi n'aura pas de fin, déclara-t-elle à brûle-pourpoint.

S'arrêtant de marcher, il la serra affectueusement contre lui. Que ne l'éclairait-on sur sa vraie vie, afin qu'il la libérât d'un douloureux tourment.

- Je sais maintenant que nos âmes ne pouvaient point se croiser sans se voir, dit-il à son tour.

- Nous pourrions être le couple le plus heureux du monde, affirma-t-elle.

- Si ?

- S'il n'y avait cet engagement qui t'enchaîne au Ciel.

- Tu noircis le tableau, ma chérie. Je ne suis pas aussi prisonnier de Dieu.

- Tu peux donc choisir d'être avec moi, s'enthousiasma-t-elle.

Il scruta pensivement le lointain.

- Je te mettrai dans une prison dorée et t'y nourrirai d'amour, ajouta-t-elle en souriant.

- Plaise à Dieu de nous unir, ma bien-aimée.

Mélissandre pria pour que la sentencieuse déclaration de Florian devînt réalité.

De retour à l'appartement, Florian proposa une soirée théâtre et Mélissandre se montra, une fois de plus, gentiment hostile à cette suggestion. Elle argua que rien ne la ravirait mieux qu'une tendre complicité. Craignant que son inclination au débat philosophico-spirituel ne finît par la lasser, il avait escompté qu'elle accueillerait avec joie ce moment de détente ; même si l'un et l'autre retiraient un réel enrichissement de tels échanges. Tout cela fleurait un mystère subtilement organisé. Pour l'heure, Florian bâillonnait son être intérieur. Il choisissait de fermer son ouïe spirituelle, de peur que le murmure, plusieurs fois entendu, ne forçât Mélissandre à quitter ce délice alcyonien.

Le repas consommé, ils continuèrent de discuter à bâtons rompus. Mélissandre s'était allongée sur le canapé, la tête posée sur les genoux de Florian. Quant à lui, il passait ses doigts dans la chevelure soyeuse aux adorables ondoiements de cette dernière. Ils s'adonnèrent ensuite à une joute poétique. Tandis que Florian se délectait de la lyre fraîche et romantique de sa bien-aimée, celle-ci le félicitait pour la profondeur de la sienne, mais d'un ésotérisme peu accessible *au vulgum pecus*. La similitude de leurs goûts indiquait une complémentarité de leurs natures, une particularité que Mélissandre jugeait profitable à une belle entente. Florian écoutait les remarques pertinentes de sa dulcinée dont il admirait, en même temps, la douceur des traits du visage ainsi que la beauté du regard ou le sensuel dessin des lèvres.

Puis, fort d'un même élan, ils éprouvèrent l'instinctuelle envie de retrouver le sublime plaisir de la nuit passée. Elle rechercha d'abord une jouissance platement sexuelle, une attente qu'il s'efforça de satisfaire. Le désir charnel assouvi, elle se laissa porter par celle de son bien-aimé dont elle n'ignorait plus l'idéalité, voire la prédilection pour l'osmose.

À l'apogée de la fusion, ils ne formèrent plus qu'un seul être. Une extase dont ils se repurent jusqu'à l'endormissement.

-4-

Désireux de profiter totalement l'un de l'autre, ils se prélassèrent au lit tout le matin. Mélissandre craignait que cette magie ne se rompît, un réveil brutal au beau milieu d'un divin rêve. Pour l'instant, elle ne voulait toutefois que se réjouir de la présence de Florian en chair et en os à son côté et de l'existence bien réelle de leur amour ; car ses caresses sensuelles n'avaient rien d'une fantasmagorie. Néanmoins, cette exquise plénitude réveillait en elle une peur viscérale. Si elle évitait de se mettre déjà martel en tête, elle convenait que l'issue incertaine de cette relation n'était pas de nature à concourir à une pleine sérénité.

- Florian, cette merveilleuse entente entre nous me fait redouter la prochaine séparation.
- Tu as vu cette belle union de nos cœurs ? Elle n'aurait pas lieu sans un indéfectible amour, répondit-il en l'embrassant sur les lèvres.
- L'amour ça va, ça vient, dit-elle en soupirant. Un jour la routine s'installe et le sentiment finit par s'affadir.
- Voilà un point de vue très pessimiste, ma chérie. Il n'est pas bon de se laisser aigrir par la désillusion.
- Sincèrement, ai-je l'air aigri ?
- Justement non ! Pardon de t'avoir offensée, Mélissandre. Après tout, je ne connais pas le parcours de ta vie.
- Catastrophique !

Adoptant une position réservée, il attendit qu'elle décidât de dévoiler d'elle-même son vécu.

- Ma réponse te surprend, n'est-ce pas !
- Elle suscite plutôt ma compassion.
- Au risque de te choquer, sache que je ne veux pas de ta pitié, Florian. Un proverbe chinois conseille de tourner sept fois

la langue dans la bouche avant de parler. Que ne me suis-je appliqué cette règle à moi-même.

- N'aie crainte, mon ange. Je ne te ferai pas l'affront de ma pitié. Je désire seulement partager ta souffrance intérieure.

- C'est mieux ainsi. D'ailleurs, ce passé est enterré à présent. Conviens que je serais un piètre docteur si je n'avais pas su faire ce travail sur moi.

- Assurément. Il semble néanmoins que tu n'aies pas réussi une complète exérèse de ta douleur.

- Dans l'inconscient, les stigmates demeurent. Quoique l'amour soit un excellent népenthès.

Il l'embrassa amoureusement, malheureux de n'être pas en mesure d'instiller son cœur d'un élixir rassérénant. Les deux petites larmes perlant sur les joues de sa dulcinée le touchèrent au plus profond. Soudain, il se sentit investi d'une lourde et effroyable responsabilité.

- Amour de ma vie, chuchota-t-elle.

Il la serra tendrement contre lui tout en caressant son corps nu dont il respira la peau veloutée. Il ne disait mot, puisqu'il ne pouvait rien lui promettre.

- J'ai l'impression que l'amour me nargue et me fuit sans cesse, confessa-t-elle. Pourquoi est-ce ainsi ?

- Crois-moi, je souffre aussi de cette situation.

- Je ne doute pas de ton intégrité, Florian. Mon besoin de sécurité te stresse, n'est-ce pas ? Je vais faire en sorte de me montrer moins exigeante.

- Pourquoi parles-tu à mots couverts, mon trésor ?

- Parce que je n'ai pas à t'importuner avec ma vie.

- Au contraire, tout ce qui te concerne m'intéresse au plus haut point.

- Oh, ne t'attends pas à de grandes révélations ! Il n'y a pas non plus matière à écrire un livre.

- Chaque vie contient un enseignement spirituel et, d'abord, pour soi-même.

- Bien, je vais essayer de commencer par le commencement, dit-elle en se blottissant contre lui. Après mon bac à seize ans, je suis venue en France pour étudier la philo à la Sorbonne. Ma première véritable histoire amoureuse eut lieu avec Charles, un philosophe écrivain de cinquante ans. Je fus d'abord fascinée par son intelligence et sa culture, puis cette admiration se changea en amour. Quand il eut connaissance de son cancer, je me fis une obligation de le soigner et de l'accompagner jusqu'à son décès. Cette confrontation avec la maladie m'éprouva énormément. Étant dans ma dix-huitième année seulement, mes copines de Fac critiquaient ce sacrifice pour un homme de trente-deux ans mon aîné. Contrairement aux jeunes de ma génération, je n'ai jamais été attirée par les sorties dans les night-clubs ou autres divertissements abêtissants. Outre mes études et la lecture, le théâtre et la danse avaient ma préférence. Puis j'ai rencontré Sébastien, un garçon qui n'avait, lui, que sept ans de plus que moi.

- C'était quand même mieux pour construire un projet de vie.

- Ma foi. Comme à mon habitude, je me suis spontanément impliquée dans cette relation ; alors qu'il ne se souciait guère de mon bonheur. C'était une personne faible qui acceptait le diktat de sa mère, une femme possessive et exécrable. Elle m'a fait vivre l'enfer. Elle me reprochait mon âge et de n'être pas cette compagne qu'elle aurait voulue pour son fils.

- Elle te parlait aussi méchamment ?

- Je n'exagère pas et je te passe même les détails. J'ai supporté cette situation infernale pendant quatre ans … par amour naturellement et parce que je le croyais quand il disait m'aimer. Or, un soir, le hasard a voulu que je revienne plus tôt que d'habitude de mon cours de théâtre et que je le trouve au lit avec une autre.

- Ce n'était pas un hasard …

- Oui, bon ! Mon sang n'a fait qu'un tour. Je l'ai donc immédiatement chassé de l'appartement avec sa conquête. Puis j'ai vécu avec un avocat, un habile manipulateur qui s'est surtout intéressé à mon argent. Car je ne t'ai pas encore parlé des biens familiaux dont j'assure la gestion, vu que je suis fille unique. Mais il recevra tôt ou tard la monnaie de sa pièce ... si ce n'est déjà fait.

- On peut effectivement le voir ainsi, bien que les vraies raisons des événements dépassent notre entendement humain.

- Enfin, reconnais que les actes malhonnêtes n'ont jamais ouvert les portes du Paradis, affirma-t-elle.

La réflexion de Mélissandre amusa Florian qui la baisota sur le front.

- Certes, les commandements de Dieu devraient inciter les êtres humains à suivre la voie sainte. À mon avis, peu de personnes sont conscientes de la portée de leurs actes ici-bas.

- Bon, je continue. Après lui, j'ai vécu avec cet artiste dont je t'ai sommairement parlé.

- Comment s'appelle-t-il ?

- César ... curieux non ?

- Ce prénom en vaut bien un autre.

- Au début, j'ai cru qu'il s'agissait d'un nom d'emprunt. Or c'était bien le sien. Avec lui, la rupture a été très houleuse. Figure-toi qu'il m'a carrément avoué sa relation avec son modèle ...

- Faute avouée est à moitié pardonnée.

- En l'occurrence, ça n'a pas été le cas. D'ailleurs, notre relation bancale ne me satisfaisait plus. Mais, personnellement, je n'en serais pas venue à le tromper. J'acceptais même avec une certaine abnégation cet amour affreusement ordinaire. Tu vois, je suis une idéaliste comme toi et prédisposée finalement au sacrifice.

- L'abnégation est l'apanage des grandes âmes, ma chérie.

- Tu comprends mieux maintenant pourquoi je dis que l'amour me fuit. En fait, je pense que ma quête de l'authenticité m'a rendue trop crédule.

- Il m'intéresserait de connaître le point de vue de la psy sur ce parcours sentimental.

- Écoute, je ne me suis pas penchée sur mon propre cas. De toute façon, je n'aurais pas eu l'objectivité nécessaire.

- N'as-tu pas essayé de requérir un avis extérieur ?

- J'ai un bon ami en Belgique qui m'a fait part de son analyse. Par contre, étant donné ta haute spiritualité, je serais curieuse d'entendre la tienne.

- Haute spiritualité ? S'étonna-t-il. En vérité, je ne suis qu'un humble homme de foi. Selon moi, dès lors que les mêmes échecs se répètent, cela signifie que la leçon n'a pas été tirée. Peut-être dois-tu accepter de ne pas avoir une vie de couple, à l'inverse du commun des mortels. Je note également que tu sembles avoir une attirance inconsciente pour le don de toi.

- Ton observation signifie-t-elle que notre amour est, lui aussi, voué à l'échec ?

- C'était juste une supposition, Mélissandre. Il est possible que tu réitérais, avec chacun de tes compagnons, un comportement nocif.

- Lequel, par exemple ?

- Je ne connais pas le détail de ta vie avec ces hommes et tu m'as présenté ton histoire de telle manière que je suis tenté de te soutenir. Ceci dit, il me manque leur version. Ôte-toi de l'esprit, surtout, cet a priori à l'égard de l'amour. Il s'agit d'un don de Dieu dont nous possédons tous la substance au fond de nous et il est de notre devoir de la faire fructifier. Ceci dit, la société actuelle est égoïste et individualiste. La carence d'amour y est malheureusement une constante. En vertu de la loi de cause à effet, nous recevons proportionnellement à ce que nous donnons. Naturellement, tu n'ignores pas ces choses.

- Non, en effet. En outre, je crois m'être toujours comportée avec honnêteté et charité envers mes semblables.

- Je le pense aussi. Sache que ta belle générosité de cœur ne m'a pas échappé.

- D'ailleurs à la fin de mes études, je me suis engagée dans l'humanitaire pendant deux ans. J'y ai trouvé des satisfactions tout en réalisant que là n'était pas ma vocation. Avec Xavier, cet ami de Belgique dont je t'ai brièvement parlé, je me suis lancée ensuite dans le coaching de personnalités.

- Cela n'a pas dû être évident.

- Effectivement, malgré mon doctorat, je n'aurais pu y réussir toute seule. Fort de son expérience dans le domaine, Xavier m'a trouvé les clients et mis le pied à l'étrier. J'ai pu ainsi voler de mes propres ailes. Je dois à ce travail ma capacité à faire des conférences, même si tu ne m'as pas sentie dans mon élément.

- Tu prêches le faux pour savoir le vrai, répondit-il en souriant. Alors, je te confirme que ta prestation est excellente ... sauf ton propos qui heurte certaines de mes convictions. Tu sais, j'ai bien vu comment la plupart des hommes te badent et comment les femmes secrètement t'envient.

- Tu exagères, mon amour. Les participants sont tout simplement attentifs à mes arguments. Les érudits ne viennent pas à mes modestes conférences.

- Puisse Dieu me préserver de cette vanité. Je n'aspire pas, non plus, à devenir un gourou.

- Si tu n'étais pas venu à ma conférence, j'aurais ignoré qu'un homme de ta qualité existait en ce monde.

- Apparemment, tu continues à douter d'une relation entre cet événement et un dessein occulte.

- Je crains peut-être ce à quoi le Ciel s'évertue à nous forcer.

Florian s'abstint de renchérir dans le sens de cette remarque.

- Dis-moi, je n'ai pas saisi comment tu es arrivée au doctorat psy en passant par la philo.

- En fait, j'étais en maîtrise de philo quand j'ai décidé d'opter pour la psycho. Je me suis imposée de combler le retard en deux ans.

- Franchement, je t'admire.
- À vrai dire, je m'en étonne encore moi-même.
- Tu es une battante, Mélissandre. À mon avis, tu poursuis tes objectifs jusqu'à leur concrétisation.
- Tu m'as bien perçue, Florian. Je suis effectivement d'une nature pugnace.
- Notre union est-elle ton but ?
- Voilà un domaine, par contre, où je me vois contrainte de laisser faire les choses.
- À cause de la destinée ?
- Je voudrais bien avoir ta foi, Florian.
- Ce scepticisme revient à nier Dieu.
- Quel lien y a-t-il exactement entre ces deux concepts ?
- Avec un Amour infini, Dieu dessine un chemin évolutif pour chaque âme. Par conséquent, les vies apparemment inutiles ne le sont pas pour le Créateur qui est seul à savoir la vérité de ces expériences ou passages.
- Ne dit-on pas que les voies de Dieu sont impénétrables ? Lança-t-elle en riant.
- On devrait ajouter que l'arrogance de l'homme est exécrable.
- Tu juges durement ton prochain, dis-moi.
- Je ne le juge pas, j'émets seulement une regrettable évidence.
- Puisque je t'ai narré ma vie, j'aimerais que tu en fasses autant.
- Celle-ci est on ne peut plus banale, confia-t-il. Après un diplôme en sciences économiques, je me suis dirigé vers le commerce international dans lequel j'ai travaillé durant quinze ans. Puis j'ai rompu brusquement avec cette vie sans intérêt. Je sentais qu'une autre m'appelait à marcher vers elle. Aujourd'hui, je ne regrette pas cet engagement que j'ai pris … même s'il s'agit d'une chose ésotérique et, donc, difficile.
- Pardonne mon indiscrétion, mon chéri, mais de quoi vis-tu ?

- D'amour et d'eau fraîche, plaisanta-t-il. Non, en vérité, j'ai placé une somme d'argent dont les revenus me permettent de survivre.

- Tu ne survis pas trop mal à ce que je vois.

Ils rirent de concert.

En femme intelligente et compréhensive, Mélissandre respecta le pudique quant-à-soi de Florian. Si elle regrettait que la vie de son bien-aimé fût tant entourée de mystère, elle ne désespérait pas de parvenir à l'amener progressivement à une vraie confidence. Elle avait préféré, pour sa part, se montrer sous son vrai jour, vu qu'elle aspirait à une relation authentique avec lui.

Cette journée, suprêmement sereine, fut suivie d'une autre toute aussi idyllique. Puis le moment du départ arriva, semblable à un rideau se levant sur une triste grisaille. Envoûtée par ce bonheur, Mélissandre avait fini par occulter l'inévitable issue. Elle n'eut pas la force de réprimer ses larmes et Florian lutta pour retenir les siennes. Tout en la regardant marcher vers la salle d'embarquement, il supputa l'absurdité de sa propre attitude, étant donné la pureté de cet amour et que le Ciel ne s'opposait pas, manifestement, à son anthèse. Si l'heure de l'appel attendu en venait soudain à sonner, ces trois jours avec elle resteraient à jamais un souvenir que son cœur ressasserait avec bonheur.

Chapitre 7

Une douloureuse alternative

-1-

- Florian, cette vie sans toi est insensée et un supplice désormais.

- Tu me manques beaucoup également, Mélissandre. Une vie commune m'apparaît toutefois prématurée.

- Sur ce dernier point, je ne suis pas d'accord, mon chéri.

- Honnêtement, il s'agit d'une décision importante qui mérite que nous y réfléchissions avec sagesse. Jusqu'à présent, j'avais apprécié ton sens de la mesure.

- Ton tempérament latin m'a appris la démesure, rétorqua-t-elle en riant. Je plaisante, mon trésor. Par contre, j'avoue qu'il m'est difficile de continuer comme avant après ce temps privilégié passé avec toi.

- Faisons confiance au destin. Ce qui doit être sera.

- Ton langage me déçoit, Florian. Il n'est pas celui d'un homme amoureux.

- Méfie-toi des apparences et loue plutôt ma pondération. Il faut savoir raison garder, ma chérie.

- Dis-moi, serait-ce manquer de raison que de passer un peu de temps ensemble à Genève ? Ma prochaine conférence n'est que dans trois semaines.

- Quand aimerais-tu que je vienne ?

- Quelle question ! Le plus tôt possible, mon Florian.

- Écoute, j'ai quelques affaires à régler, dit-il en suspendant la voix. Que dirais-tu de samedi prochain ?

- Je m'armerai de patience en attendant, mon amour.

L'ayant crue, jusqu'à présent, attachée à son indépendance, cette exigence exprimée au cours de ce petit entretien téléphonique ne manqua pas de le surprendre. Malgré l'amour sincère, qu'il éprouvait pour elle, il n'envisageait pas la perspective d'un concubinage. Il restait néanmoins aux aguets du moindre signe, l'ardeur de sa bien-aimée pouvant représenter une indication quant à la voie à suivre. Il s'attendait aussi à ce que le Seigneur interrompît un beau matin ce doux bonheur et à ce que Celui-ci lui enjoignît de se mettre résolument en marche. Répugnant à déstabiliser Mélissandre par le rappel de son obligation spirituelle, il allait devoir trouver un motif plausible pour expliquer sa réserve. Certes, cette dernière disposait d'un excellent discernement. Il n'avait pas le sentiment de lui mentir, mais de travestir légèrement la réalité dans un but charitable. Car il cultivait en général la probité et le respect d'autrui, des vertus inspirées par sa nature profonde. Les désillusions amoureuses passées de Mélissandre lui revenant à la mémoire, il pensa à la déconvenue qu'il risquait de lui infliger ; une probabilité qui le fit culpabiliser. Nul doute que sous l'effet de la meurtrissure, elle l'associerait à tous ces hommes qu'elle tenait en mésestime. L'épreuve de la renonciation recelait-elle un passage grâce auquel tous deux trouveraient leurs chemins respectifs ?

Dans son havre de paix genevois, Mélissandre attendait fébrilement la venue de Florian. Le temps paraissait s'éterniser à plaisir. La pensée accaparée par cet amour, elle avait momentanément délaissé ses activités. Un fort sentiment qui faisait remonter ses expériences malheureuses avec les hommes, étant donné que le relatif détachement de Florian, lors de leur récente communication, avait concouru au renforcement de sa croyance en une fatalité en la matière.

La foi en Dieu, fût-elle ardente, ne justifiait pas selon elle l'adoption de ce mode de vie étriqué auquel ce dernier s'astreignait. Elle se réjouissait toutefois de ce qu'il préférait, pour l'heure, un bonheur bien réel avec elle à une hypothétique béatitude de son âme. Elle ne souscrivait pas à ce penchant pour un fatalisme à tous crins qu'elle avait repéré chez lui. Elle prônait plutôt la malléabilité du destin. Ainsi elle n'adhérait pas à l'idée d'un ordonnancement occulte des circonstances de la vie. Puisque Dieu avait doté l'homme du libre arbitre, il lui paraissait insensé que Ce Dernier se mît à le priver de son autonomie ou de suivre ses propres désirs. À son avis, la contestation d'un Divin possessif ne constituait en rien un blasphème ni un reniement ; en effet, elle croyait en un Dieu compréhensif et immensément miséricordieux. Fort de ce constat, elle pensait qu'il regardait favorablement leur amour et que Florian se condamnait à un faux bonheur en refusant de voir en celui-ci la voie d'une réalisation pleine et entière.

-2-

Florian arriva à l'aéroport international de Genève, le cœur animé d'une joie candide. L'intime jubilation dans le regard bleu magnifiquement nuancé de Mélissandre l'enchanta. Il réalisait tout à coup combien cette présence était nécessaire à son équilibre. En chemin vers son domicile, elle l'invita à une petite visite guidée de cette ville qu'elle affectionnait tant. Il avoua que ses brefs séjours en Suisse romande n'avaient pu lui permettre d'en pénétrer la richesse. Désormais, ce lieu empreindrait tout spécialement la mémoire de son être.

Elle habitait un appartement de moyen standing dans une résidence sise à cinq minutes du Jardin Anglais et, donc, non loin de la Rade de Genève. Il l'avait imaginée vivant dans un endroit nettement plus bourgeois, eu égard à la belle prestance qui émanait d'elle. Certes, elle lui avait fait la faveur de son côté authentique ; une personne en accord avec ce cadre relativement modeste, mais que le charme de l'environnement rendait attachant. À présent, Mélissandre apparaissait dans sa lumière et il la trouvait plus alliciante que la démonstrative conférencière ou le Docteur Tizières-Hattinger.

Tandis qu'elle requerrait prudemment son impression, il observa une émouvante inquiétude sur son visage.
- Je pense que tu es dans ton élément ici. Ce mobilier et cette décoration correspondent à celle que tu es vraiment.
- Je souhaitais entendre autre chose, s'empressa-t-elle.
Il n'était pas dupe quant à son attente.
- Il est normal que la vibration de ce havre soit positive, puisque tu l'habites, ma chérie.
- Tu attiges pour noyer le poisson, répliqua-t-elle.
- Franchement, ta réaction me surprend.

- Pardonne-moi, Florian. Tu dois me trouver horriblement anxieuse.

Il la serra tendrement dans ses bras, conscient du motif de ce tourment.

- En fait, tu veux savoir s'il me plairait de vivre ici avec toi, précisa-t-il.

- Oui, répondit-elle en acquiesçant de la tête et en ouvrant de grands yeux.

- Alors, convenons d'un compromis. Les quinze premiers jours de chaque mois à Genève et les quinze autres à Paris, plaisanta-t-il.

- Peu importe l'endroit, pourvu que nous y soyons ensemble.

- Aie confiance que les choses s'organiseront d'elles-mêmes.

- Ne penses-tu pas que nous devrions l'aider … ce fameux destin ?

- Voilà un scepticisme négatif, Mélissandre. Dès lors que nous nous en remettons avec foi à Dieu, nous ne craignons plus l'avenir … crois-moi.

- Peut-être, après tout, n'es-tu venu vers moi que pour m'initier, déclara-t-elle avec un frêle sourire.

- Je n'en aurais pas la sagesse. En revanche, je peux t'apprendre à prier.

Le prenant au mot, elle l'assaillit de questions à ce sujet. Il lui proposa une demi-heure de pratique chaque matin pendant les quelques jours de son séjour. Le cœur de Mélissandre se serra à l'idée qu'il allait lui falloir affronter une nouvelle séparation. Une ombre vint assombrir ses belles prunelles claires qui peina fortement Florian. Il aimerait pouvoir lui dire : « *Veux-tu m'épouser ?* » Or la relégation de l'engagement pris par son âme avant cette incarnation mettrait sûrement celle-ci en porte-à-faux. Il croyait que Dieu ne lui concédait que la grâce d'un assouplissement passager de sa marche. Cette phase délicate d'un total libre arbitre risquait de le priver de la possibilité de recourir à l'Intelligence Divine concernant l'indication de la voie juste.

Mélissandre prévoyait d'entourer Florian d'un irrésistible bonheur, afin de l'amener à s'en suffire. Il prendrait alors conscience de l'utopie de sa marche vers une sorte d'empyrée et trouverait saugrenu de quitter une confortable oasis pour l'aridité du désert.

-3-

Tout en visitant Genève et ses environs, Florian succombait peu à peu aux attraits de cette région. Il comparait la douceur de cette paisible harmonie avec la stressante cacophonie parisienne. Au Jardin Anglais, il s'attarda sur l'horloge florale située à l'entrée, hommage à la vocation horlogère de la Suisse. Mélissandre lui précisa que les huit cercles entrecroisés de celle-ci ne réunissaient pas moins de six mille cinq cents plantes fleuries. Il contempla longuement ce chef-d'œuvre d'une suprême richesse chromatique. Profitant ensuite de ce qu'il lui confiait son état d'âme, Mélissandre tenta de faire tourner la situation à son avantage.

  - Personnellement, je vois un signe dans ce bien-être. Crois-tu que nous avons déjà vécu ensemble en ce lieu ?
  - Dieu seul sait ! Mais je te vois venir, mon ange.
  - Tu me vois venir ? En effet, tu aurais tort de ne pas regarder la réalité en face et de ne pas reconnaître que ton avenir est ici et avec moi dorénavant.
  - Voilà que tu t'ériges en prophète maintenant ! Tu prêches surtout pour ta paroisse, mon amour, car je ne pense pas qu'il soit juste de prendre cette quiétude pour un signe du Ciel.
  - Ce refus d'un bonheur ensemble me peine énormément, confessa-t-elle, la gorge nouée.
  - Mélissandre, mon adorée, j'aurais préféré que ma mission ne rende pas notre union impossible.
  - Quant à moi, je voudrais tant que tu en viennes à considérer que ton destin serait bien triste sans notre amour, renchérit-elle. Tu m'as convaincue que tous ces événcments entre nous ne sont pas fortuits.
  - Merci, Seigneur ! Certes, l'ésotérisme du destin est inaccessible à notre pauvre entendement.

- D'où tiens-tu alors la certitude de ta mission ?
- Cette confidence m'obligerait à une révélation que je dois garder pour moi. Assurément, ton esprit scientifique tournerait en dérision ce processus peu ordinaire.
- Je ne suis pas autant férue de rationalisme, mon trésor.
- En tout cas, comme je te l'ai dit, je me vois contraint à la discrétion.
- D'accord, je n'insiste pas.

En passant, elle lui montra quelques biens appartenant encore à son père et dont il lui confiait la gestion en échange d'une confortable rémunération. Si elle reconnaissait, en outre, n'y consacrer que peu de temps, elle rendait grâce pour ce privilège. Il tenta d'évaluer dans sa tête ces éléments patrimoniaux. D'autant que la famille possédait d'autres immeubles ainsi que d'importants placements financiers et que son père comptait parmi les gros collectionneurs mondiaux d'armes anciennes. Il savait qu'elle n'avait guère cherché à l'épater par l'évocation de cette richesse, observant d'ailleurs le détachement avec lequel elle traitait ce futur et coquet héritage. En revanche, elle disait tirer une grande fierté de son appartement acquis grâce à un argent courageusement gagné dans le coaching.

Elle tentait d'attacher Florian à ce lieu dont elle ne se lasserait jamais personnellement, consciente qu'il s'agissait là d'une difficile gageure. Elle ne désespérait pas, toutefois, de parvenir à prendre l'ascendant. La timide implication de celui-ci dans leur relation ne la décourageait nullement et elle espérait qu'il ne tarderait pas à admettre que l'accomplissement de sa destinée n'excluait plus une vie de couple. Ayant été amené à cet amour, tel le commun des mortels, elle n'osait lui lancer crûment que la réalité actuelle prouvait le caractère imaginaire de cette mission spirituelle. Selon elle, il n'avait pas un destin religieux et, moins encore, celui de suivre un chemin d'abnégation ; une nécessité pourtant en vue de bénéficier de la grâce d'une grande œuvre ici-bas. En homme intelligent, il finirait par se départir de ses espérances chimériques et par emprunter une voie lucide. Il constaterait alors que Dieu ne blâmait guère son choix et qu'il bénissait même cet amour.

Ce bonheur, fût-il précaire, faisait resplendir Mélissandre. Une belle lumière que Florian découvrait dans ses divers aspects. Il souffrait de ne pouvoir dire les paroles propres à ravir le cœur de sa bien-aimée. D'une nature charitable, il abhorrait l'égoïsme ; quoiqu'il ne s'agissait pas, en l'occurrence, de faire preuve d'altruisme. Car, au fond de lui, il aspirait à vivre un plein bonheur avec elle. De façon implicite, ce qu'il avait cru être la voie de sa vraie vie devenait soudain secondaire. Une évolution dont Mélissandre se réjouissait en son for intérieur tout en ne pavoisant pas pour ce résultat que sa pensée constructive avait sûrement permis.

-4-

La nouvelle attitude de Florian exaltait le désir de Mélissandre d'accélérer le changement, formant de grands projets et anticipant sur leur petite famille avec deux enfants au moins. Le fait de ne pas être encore mère à trente-cinq ans la tracassait. Elle savait aussi combien ses parents apprécieraient de gâter sa progéniture. Comme son cher et tendre ne s'empressait guère de relayer ses attentes, elle en déduisait qu'il hésitait à s'engager.

- Ton manque d'enthousiasme ne me paraît pas de bon augure, mon chéri.
- Chaque chose en son temps, Mélissandre.
- Je reconnais ma fâcheuse tendance à forcer les événements. Mais je ne t'ai pas dit, non plus, que nous allions mettre un bébé en route dans les deux mois qui viennent.
- De toute façon, je n'aurais pas abondé dans le sens de ta précipitation.
- Tu te serais même enfui, renchérit-elle en riant.
- Que tu m'estimes aussi pusillanime me contrarie, ma chère, lança-t-il d'une voix pincée.
- Trêve de plaisanteries ! Sache que si tu n'avais pas été un homme de qualité, je ne serais pas tombée amoureuse de toi.
- Bigre ! Je suis pétri de défauts. Si tu connaissais la personne qui se dissimule derrière l'armure, tu déchanterais.
- Eh bien, vois-tu, je pressens qu'elle est encore mieux que l'apparente.
- Seul Dieu nous connaît véritablement. Et toi alors ! Quelle femme se cache donc derrière cette rutilante cuirasse ?
- À ton avis !
- À mon avis ? Une âme hypersensible et que la mienne a le désir de protéger.

- Ton désir magnifique la bouleverse, mon amour, rétorqua-t-elle en l'embrassant tendrement. En restant pour toujours près de moi, tu la protégerais de belle manière.

- Ce n'est pas aussi simple ... mais sais-tu que je t'adore ?

- Et toi, tu n'imagines pas à quel point je t'aime.

Une soudaine tristesse recouvrit d'un voile ombreux le regard d'ordinaire lumineux de Mélissandre.

- L'évocation de l'éternité de nos âmes, ma chérie, était une métaphore du destin. Ce qui tend à contredire ta négation en la matière.

- Mon cher, tu as manqué de perspicacité ; sinon tu aurais percé la vérité. Ceci dit, je ne crois pas que Dieu nous contraigne à suivre un chemin particulier. Il nous laisse plutôt libre de faire notre propre expérience de vie.

- Nul ne sait ce qu'il en est, sauf à l'entendre de Dieu Lui-même. D'ailleurs, hormis des êtres hautement initiés, beaucoup de ceux prétendant entendre sa Vérité sont des imposteurs ou des individus bernés par leur imagination.

- Existe-t-il seulement des personnes capables d'entendre sa Parole ?

- Celles à l'âme élevée sont forcément conscientes de leur mission ici-bas. Aussi tout l'or du monde n'arriverait pas à les corrompre.

En relatant cette perspective, il eut un serrement d'estomac.

- Comment as-tu appris ces choses ? S'enquit-elle. Serais-tu une de celles-là ?

- Pardon, ma chérie, mais si c'était le cas ... je ne serais pas là avec toi. En fait, j'ai puisé mon modeste savoir dans des ouvrages on ne peut plus hermétiques.

- Bon, je subodore que tu ne souhaites pas t'étendre sur le sujet.

- En effet, mon ange. Cela nous mènerait trop loin.

- Il est dommage que tu ne puisses pas m'instruire. As-tu, au moins, le droit de m'aider à travailler ma prochaine conférence ?

- Je vous préviens, Docteur Tizières-Hattinger, mon langage ne sera pas le vôtre.

- Tant mieux, Monsieur R. Fickley. Je souhaite mettre plus de profondeur dans mon propos.

L'œuvre occulte ne manquait jamais d'édifier Florian ; même si, pour l'heure, il n'en comprenait pas la finalité.

- Et si on laissait maintenant ces considérations métaphysiques pour d'autres moins …

- Moins quoi ? Demanda-t-elle en se blottissant contre lui.

- Pour un ésotérisme d'un autre genre, lui chuchota-t-il à l'oreille.

Elle le suivit docilement sur le chemin d'une autre initiation. Ils passèrent ensemble les portes de la sensualité, de la volupté, de la jouissance charnelle ; puis ils voguèrent sur l'immensurable étendue de l'océan d'Amour. Pleinement unis, ils n'avaient plus que le désir de s'éterniser au sein de cette délicieuse ataraxie.

-5-

Depuis cinq jours à Genève, Florian appréciait cette douce béatitude avec Mélissandre ; vu qu'elle s'ingéniait, de surcroît, à le choyer. Ayant improvisé une visite de l'attrayante Suisse italienne et du Lac Léman, ils s'y promenèrent en amoureux et bras autour de la taille. Elle s'enquérait fréquemment de son bien-être avec elle et il répondait, ému par cette candide anxiété : « Ta présence m'est une ambroisie » ou « Ta lumière ravit mon cœur » et autres exquis encensements. En outre, sauf quelques plaisanteries ou de gentilles taquineries, leurs échanges prenaient, presque toujours, un tour plutôt cérébral, voire spirituel. Florian ne détestait pas jouer au Maître et Mélissandre possédait une excellente capacité d'écoute. Il l'enseignait tout en discourant, une modeste connaissance dont il espérait qu'elle l'aiderait à faire évoluer ses conférences. Il admirait sa sagesse d'esprit, sa facilité à être tantôt docteur, tantôt femme, à passer de la rigueur, un tantinet masculine, à la pleine féminité. Elle n'appartenait pas à la race des intellectuelles aimant afficher ostensiblement leur savoir, une attitude humble qui prouvait sa belle intelligence. Bachelière à seize ans, et probablement surdouée, elle n'avait pas fait de ses études, ni de sa carrière professionnelle ensuite, des buts de vie. Partant, elle n'avait jamais exercé la profession de psychologue en cabinet ou au sein d'une institution traditionnelle. Elle aspirait, surtout, à rendre un mari heureux et à transmettre à ses enfants les valeurs qu'elle tenait de ses parents. Besoins d'aimer et de recevoir de cet amour, qu'elle prodiguait autour d'elle, qui troublaient Florian.

Il appréhendait le douloureux passage du terme de ce séjour et que Mélissandre ne se mit à dramatiser cette nouvelle séparation, connaissant sa profonde espérance et, donc, celle de le voir formaliser cet embryon de vie commune. Outre la hantise de la décevoir, la perspective d'une existence stricte, et tristement solitaire, ne l'enchantait guère tant ce pur bonheur les avait intimement soudés. Il douta tout à coup de ce chemin auquel il s'était cru contraint. Un brusque scepticisme qui semblait indiquer que le Seigneur le laissait libre de suivre l'inclination de son cœur, conformément à la croyance de sa bien-aimée.

- Mélissandre, je dois aller à Paris pour régler quelques affaires, prendre connaissance du courrier, payer les factures et ...

- Résilier le bail de ton appartement, coupa-t-elle.

- Nous avons déjà débattu de cette question et de la nécessité de mieux nous connaître avant une décision de cette importance.

- En ne passant que quelques jours par mois ensemble, notre relation n'évoluera pas. Nous n'apprendrons pas à nous connaître et nous tendrons même à nous idéaliser l'un l'autre. Or la vie n'est pas un conte, mon chéri.

- Rassure-toi, je ne prévois pas non plus d'éterniser ces fiançailles.

- Personnellement, je me sens en symbiose avec toi et je remercie le Ciel chaque jour pour cette harmonie. Cependant, il faut être deux pour faire un couple.

- J'ai conscience qu'aucun homme sensé ne laisserait passer une telle opportunité de bonheur.

- Qu'essaies-tu de me dire ? Que tu ne t'estimes pas prêt ?

- Non, Mélissandre, il ne s'agit pas de ça. Je ...

- Je t'en prie, Florian, parle clairement, lança-t-elle d'une voix angoissée.

- Mon amour, je te promets que notre séparation durera tout au plus une semaine et que nous aviserons ensuite.

- J'ai horriblement peur, Florian.

- Sois confiante, mon ange.

Mélissandre pleura à chaudes larmes, obligeant Florian à renfoncer stoïquement les siennes.

- Chéri, tu ne m'abandonneras pas, n'est-ce pas ? J'en mourrais, tu sais.

- Chut ! Ne provoque pas les forces négatives.

Il récita en lui-même une brève formule de protection. Par le truchement de celle-ci, il se savait capable de confondre les ténèbres.

- Mon amour, je t'aime tant, déclara-t-il.

- Et moi, je t'aime à en … pardon … de tout mon être.

Ils s'embrassèrent passionnément et chevauchèrent sur les plaines torrides du plaisir dont ils montèrent ensuite l'étourdissante cime.

Quand l'heure du départ sonna, Mélissandre garda une attitude digne, et ce, en dépit de l'immense souffrance en son cœur. De son côté, Florian culpabilisait. Il devinait qu'elle allait éclater en sanglots dans sa voiture et il ne serait pas là, près d'elle, pour lui susurrer des paroles apaisantes ni pour la couvrir d'amour. Il appréhendait déjà l'épreuve du vol vers Paris, étant donné le dilemme auquel il se trouvait confronté désormais.

Chapitre 8

La terrible annonce

-1-

Florian se réveilla avec un affreux mal de gorge et totalement aphone. Que ce point vulnérable de son anatomie écopât après une inhabituelle attente d'un taxi dans le froid pendant trois quarts d'heure ne le surprit guère. Il s'empressa d'envoyer un texto à Mélissandre pour l'avertir de cette indisposition passagère et elle répondit aussitôt par un message tendre sur le répondeur de son portable. Il mit à profit ce temps de silence en priant le Seigneur d'instruire son cœur sur la décision juste.

Après trois jours de méditations assidues …

Il se sentit poussé à renouer avec son style de vie antérieur et à dérouler le film des événements depuis le jour de sa rencontre avec Mélissandre.

Puis au matin du cinquième jour de ce régime spirituel particulier …

Il entendit une voix ténue au fond de son oreille l'exhortant à accomplir l'œuvre cachée en son âme. Il admira la sagesse divine, puisque, par le biais d'une aphonie momentanée, le Seigneur l'avait isolé et préparé au passage d'une importante porte. Il ne douta pas un instant de l'insigne grâce que Celui-ci lui faisait.

Dès lors, il retrouva le plein usage de sa voix. Dans le giron de ferventes prières, il acquit la certitude du chemin à suivre grâce à une étrange, mais sage instruction. L'anxiété liée à la difficulté de cette exigeante mission se trouvait donc transcendée par le merveilleux soutien de l'invisible.

Il téléphona à Mélissandre pour l'inviter à venir le rejoindre à Paris. Certes, il souffrait de ne pas pouvoir partager l'enthousiasme de cette dernière. Son passage dans la lumière le sensibilisait à la terrible douleur de sa bien-aimée quand il lui annoncerait la cruelle issue.

Malgré l'attitude réservée de Florian au téléphone, Mélissandre avait attendu le moment de ces retrouvailles dans une disposition d'esprit positive. Elle n'avait pas voulu se mettre martel en tête, s'efforçant plutôt de cultiver l'espérance d'un beau dénouement et s'interdisant, de même, tout recours à son intuition ; car elle ne concevait plus de vivre loin de lui. La mort ne l'effraierait guère si l'impossibilité de leur union venait à se confirmer. Son moi était l'objet d'un difficile tiraillement entre cœur et raison.

À l'aéroport, Florian vit arriver une femme radieuse et débordante d'amour. Elle s'était en effet conditionnée mentalement, afin que son angoisse ne transparût point.
- J'aimerais tant que ce retour l'un vers l'autre s'accompagne d'une merveilleuse promesse de bonheur, déclara-t-elle.
Il la serra contre lui pour éviter son regard inquisiteur. Il n'avait pas, non plus, le courage de la placer froidement face à la réalité en déclarant que Dieu l'avait enfin appelé à son devoir. Il savait néanmoins ne pas pouvoir repousser cette annonce aux calendes grecques. Une tergiversation que l'amour, et non une triste couardise, justifiait. Il éprouvait une douleur viscérale à

l'idée de piétiner la belle espérance de sa bien-aimée, même s'il la sentait intuitivement avertie.

- Pourquoi voulais-tu absolument me voir ? S'enquit-elle tout en scrutant son regard.
- Ta lumière me manquait, ma chérie.
- Mm ... tu caches mal ton embarras.
- Sais-tu que tu ferais une bonne voyante ?
- Nul besoin d'être voyante pour discerner combien ton visage trahit ta pensée.
- Tu ne dis pas non plus le fond de la tienne.
- À dire vrai, j'espérais que tu m'annoncerais une nouvelle formidable. Or, à présent, ton attitude me fait craindre le pire.
- Il n'est pas facile d'être un homme à part.
- Que dois-je entendre par là ?
- Mélissandre, il faut que je …
- Non, Florian, je t'en supplie, ne dis rien. Laisse-moi croire que notre amour ne finira jamais. Et sinon que le Divin abrégera ma douleur.

Supportant mal le désarroi intérieur de sa dulcinée, il fut tenté de renoncer à suivre le commandement du Seigneur. Pourquoi avoir encouragé cet amour, vu l'impératif spirituel à terme ? Il s'étonnait que Ce Dernier montrât si peu de miséricorde envers cette femme. À moins qu'il fût une ésotérique subtilité au-delà de cette apparence. Il avait confiance, toutefois, en l'aptitude de Mélissandre à réagir et à dépasser cette adversité, malgré ses dires.

Elle voulut qu'il l'aimât à l'excès, qu'il marquât son cœur des stigmates du plaisir, qu'il l'instillât d'un amour bassement charnel. Elle se rassasiait ainsi d'un bonheur terrestre tout en aspirant à se repaître l'être d'une sublime béatitude. Puis elle invoqua un miracle du Ciel.

Elle avait le pressentiment que l'amour se plaisait, une fois de plus, à la fuir. Il semblait aussi qu'on apprêtait subtilement son cœur à une acceptation. Alors qu'elle sanglotait en silence, Florian avait l'impression de desservir la Lumière. Une voix l'incitait à rester près d'elle et une autre à partir dans le monde.

-2-

Finalement, Mélissandre accepta que Florian lui donnât la teneur de sa redoutable décision.

Tout en lui caressant délicatement le visage, il dit :
- Mon ange, tu vas me maudire.
- Vas-y. Je suis prête à présent.
- Alors, voici. Je dois partir en mission.
- Eh bien, ce n'est pas aussi effroyable que je le craignais.
Il la considéra avec étonnement.
- Quand ta mission sera terminée, il n'existera plus aucun empêchement à notre bonheur. Je t'attendrai, Florian.
- Tu n'as pas saisi, Mélissandre. Il s'agit d'une mission d'un caractère particulier.
- Peu importe, je t'attendrai quand même. Ta mission finira bien un jour.
La panique intérieure de Mélissandre le bouleversa.
- En fait, je n'en reviendrai pas.
- Je t'en supplie, sois plus clair.
- Pardonne-moi, mais je ne peux te révéler le contenu de cette œuvre.
- Connaissais-tu cette mission ou … cette œuvre avant de venir à Genève ?
- J'étais si bien avec toi, ma Mélissandre. Mon engagement avait soudain moins d'importance que notre amour dont j'ai même cru, un moment, qu'il était ma vraie vie.
- Bon, je note que tu n'es pour l'heure certain de rien.
- Sans une foi fervente, je n'aurais pas entendu ce que je dois faire.
- Comment faire la différence entre la voix de Dieu et les suggestions de l'imagination ?

- C'est encore une question de foi. Mon immense Amour pour le Père Éternel permet l'alchimie.

- Je l'envie, mon chéri. Ceci dit, il n'est pas jaloux et il ne te blâmera pas de m'aimer en l'aimant.

Florian posa sur Mélissandre un regard affectueux.

- Tu ne m'as pas vraiment répondu tout à l'heure, poursuivit-elle. Je me souviens que tu as affirmé, un jour, que nul ne peut entendre Dieu.

- Je pense avoir évoqué plutôt la vérité que Dieu cache dans son Esprit Parfait. Pour ce qui est du chemin de mon engagement, je ne l'ai pas pris un matin en me levant. Il s'est agi d'une marche spirituelle sagement guidée jusqu'à cette porte-ci. Seul, un très haut guide pouvait réussir ce prodige avec un être incarné.

- Quel est son nom ?

- Il ne te servirait à rien de le savoir.

- J'ai probablement un guide moi aussi dont je néglige l'appel.

- Chaque être humain bénéficie de l'assistance d'un guide dans sa vie. Celui-ci est conforme au niveau d'élévation de l'âme. L'abnégation ou l'aptitude au sacrifice nécessite, cependant, de nombreuses expériences dans des contextes difficiles.

- À ton retour à Paris, ce fameux guide t'a donc rappelé à ta mission. Puisqu'il a tant de sagesse, j'avoue ne pas comprendre pourquoi il a laissé fleurir entre nous un amour qu'il savait condamné.

- Sur ce point, je n'ai pas encore une réponse claire. Celle-ci ne devrait pas tarder.

- Ne peux-tu au moins me donner un aperçu de cette mission ?

- Pour l'instant, je sais seulement que je dois partir en un lieu particulier pour m'y préparer. Mon pauvre discernement tâtonne, alors que la suprême sagesse de Dieu fait avec perfection.

- Je vois bien que cet Amour, que tu voues à Dieu, ne souffre aucune comparaison avec celui que tu dis éprouver pour moi, lança-t-elle d'une voix triste.

- Je te rappelle que nous n'existerions pas sans le Verbe d'Amour du Créateur et que les êtres humains n'auraient pas l'occasion de s'aimer. Crois-moi, tu es la seule femme que j'aurais voulu avoir à mon côté.

- Cette impossibilité est des plus cruelles, dit-elle en essuyant les larmes sur ses joues.

Florian enferma les mains de Mélissandre dans les siennes, puis il les porta tendrement à ses lèvres.

- Après notre première rencontre, je t'ai fui d'instinct. Je devais pressentir que tu allais m'infliger une horrible souffrance. Que n'ai-je écouté ma petite voix.

- Crois-moi, mon plus cher désir aurait été de t'épouser et d'accomplir parallèlement mon devoir.

- Puisque Dieu est Amour …

- Oui ?

- Il ne peut s'opposer à l'expression la plus large possible de l'Amour. Ne crains-tu pas de t'imposer cet interdit de toi-même ?

Cette judicieuse remarque le rendit perplexe.

- Une vie de couple ferait échouer cette mission, mon amour.

- Il me faut alors me résoudre à te perdre pour toujours. Je ne suis pas aussi forte que toi, Florian, confia-t-elle en se blottissant contre lui.

- Mon ange, je ne te quitte pas pour une autre, mais pour une sublime cause. Cela devrait susciter ta fierté et mettre de la force dans ton cœur.

- Le contraire serait peut-être mieux. Au moins, je pourrais te détester, puis faire le deuil de cette séparation.

Il acquiesça en opinant de la tête, préférant garder pour lui sa pensée.

- Notre relation finit d'une façon insensée, ajouta-t-elle.
Je t'aime éperdument, tu dis m'aimer également et tu choisis de
refuser ce bonheur.
- Mon tort est de n'avoir pas su résister à cette tentation.
Je regrette vraiment mon manque de discernement.
- Tes regrets ternissent cet amour magnifique, Florian.
- Tu as raison …
- S'il te plaît, mon trésor, arrêtons là cette discussion.
Nourris-moi pour le temps qu'il nous reste à être ensemble.

Florian s'empressa de combler le désir de Mélissandre
tant cette triste issue le faisait culpabiliser. Sa générosité de cœur
le poussait en général à donner avec munificence, alors qu'il lui
aurait fallu, en l'occurrence, freiner son propre élan et minimiser
la douleur du détachement. Il n'avait pas conscience de se libérer
d'une pesante angoisse. Cet amour pour une femme pétrie de
charme et de qualités n'avait pu être un intermède destiné à
assouplir sa marche. Nul doute que le voile se lèverait bientôt sur
la profondeur de cette rencontre et que sa bien-aimée réaliserait,
enfin, la magnificence de la Sagesse Suprême.

Mélissandre évoqua un rêve récent dont sa mémoire ne
gardait qu'une vague bribe, à savoir une longue route droite et
une étrange lumière irisée. Florian y vit une invitation de Dieu à
entreprendre le voyage vers ce but où elle n'aurait plus à redouter
l'adversité. Celui-ci l'y attendait donc pour la couvrir de béatitude.
Dans la jolie nitescence ornant le regard à l'exquise limpidité de
sa dulcinée, il sentit que l'âme de cette dernière était en chemin.

La femme réfléchie et terrestre s'étonnait, quant à elle,
que le Divin l'écartât de l'homme qu'elle aimait de tout son être
pour la mettre sur la voie d'une plus grande félicité. Ne
montrerait-il pas plus de sagesse en permettant l'épanouissement
de son désir charnel et proprement humain ? Elle s'abstint de
partager avec Florian cette dévorante frustration. Elle ressentait

l'envie de tout quitter pour une île lointaine ou, peut-être, d'errer dans le monde au gré de ses intuitions. Ses périodes dans l'humanitaire et le caritatif lui revenaient à la pensée, revif d'un vieux passé exhumant des réminiscences fossiles. D'instinct, elle rejeta cependant ces dernières ; car elle continuait de refuser que son imaginaire soumît sa raison concernant l'ordonnancement de sa vie.

Observant le visage inquiet de Mélissandre, Florian n'eut pas l'indélicatesse de l'amener à épiloguer sur le motif de son tourment. Il pria plutôt en son cœur la Miséricorde Divine de la soutenir.

Chapitre 9

Une subtile orchestration

-1-

M élissandre émit le désir de passer cette dernière soirée en un autre lieu que l'appartement. L'inéluctabilité de cette séparation rendait Florian pareillement mélancolique, même s'il lui appartenait de changer le cours des événements. Ainsi ils entrèrent au pied levé dans un petit restaurant du dix-septième arrondissement.

- Ce lieu sied à l'humilité que je pense indispensable à ta mission, déclara-t-elle.
En réalité, elle s'était sentie impulsée, au fond d'elle, à aller vers cette simplicité symbolique.
- Merci, ma chérie, de me préserver des ténèbres de l'orgueil.
Elle le gratifia de son alliciant sourire.

Pendant le dîner, Mélissandre ne chercha pas à paraître faussement joyeuse. Florian était bouleversé, quant à lui, par la tristesse au fond du regard d'un bleu gris sublime de cette dernière. Il avait observé néanmoins qu'elle ne manquait pas de force intérieure, une ressource apte à lui permettre de sublimer les moments de découragement. Pourtant, il craignait que cette nouvelle désillusion ne fût la goutte faisant déborder le vase et que cela ne l'incitât à démissionner de la vie. Il prierait Dieu de faire que leurs cœurs demeurassent à jamais en communion et, partant, qu'elle pût profiter de cette lumière qu'il s'efforcerait de lui envoyer chaque jour.

- J'aimerais que nous passions plutôt cette dernière nuit dans un hôtel, annonça-t-elle à brûle-pourpoint.
- Un hôtel ! En voilà une drôle d'idée ! S'exclama-t-il.

Il pressentait néanmoins que ce souhait n'avait rien d'une lubie.

- Pourquoi ce désir ? S'enquit-il.
- Parce que je préfère que nous nous séparions comme deux amants après une banale aventure.
- Cela ne te ressemble pas, Mélissandre. Il y a forcément autre chose là-dessous.
- Écoute, si je viens chez toi, je sens que demain matin notre séparation sera un horrible déchirement. Ce départ aura l'air plus ordinaire s'il a lieu depuis un hôtel. En tout cas, c'est mon impression.
- Puisque tu le vois ainsi, mon amour, nous dormirons à l'hôtel. Nous réserverons une chambre depuis mon appartement.
- S'il te plaît, Florian ... allons plutôt au hasard. Un hôtel modeste fera l'affaire.

Il tenta de lire dans les yeux de sa bien-aimée la vraie raison derrière cette curieuse envie. Or elle ignorait, pour sa part, ce qui la poussait à agir de la sorte.

Après que Mélissandre eût récupéré son bagage, ils parcoururent à nouveau les petites rues du dix-septième arrondissement en quête d'un petit hôtel. Tandis qu'elle paraissait subtilement guidée vers le lieu adéquat, Florian se demandait si ce contexte particulier n'allait pas installer un malaise entre eux. Quoique l'harmonie de leurs âmes résultait assurément de nombreuses incarnations ensemble.

Le cadre, on ne plus ordinaire du lieu, faisait ressembler cette chambre à l'antichambre d'un nécessaire dépouillement.

- Florian, je ne vois plus les choses comme avant, confessa-t-elle *ex abrupto*. Je ne souhaite plus continuer à vivre ainsi que je l'ai fait jusqu'à présent.

- Tu ne tenais pas ce propos à ton arrivée. Est-ce à cause de notre séparation ?

- Cela devait être en gestation au fond de moi. À dire vrai, ce changement m'effraie. J'apprécierais donc que tu me fasses profiter de ta longue expérience dans le domaine spirituel. Que me conseilles-tu ? D'attendre un signe clair ?

- Si tu le peux, j'aimerais que tu m'expliques plus précisément ce que tu ressens.

- Une sorte de poussée intérieure ou plutôt … une incitation à partir loin.

- En fait, ton âme t'appelle à marcher vers ton destin. Laisse le processus se continuer et garde confiance. Car celle-ci est le dépositaire du chemin de ta vraie vie.

- Le destin est une chose curieuse dont on n'est jamais certain.

- Effectivement, le plus difficile est d'avoir foi en Dieu et en ce qu'il nous suggère surtout. Il est pourtant Celui qui détient véritablement la clé de notre vie.

- J'admire ta capacité à suivre aveuglément ta petite voix intérieure.

- Prie comme je te l'ai montré et tu acquerras cette même capacité. La Lumière Divine ne t'induira jamais en erreur.

- Elle aurait été alors mieux avisée de sceller notre union. Il m'aurait tant plu de finir mes jours avec toi.

Il caressa avec délicatesse la peau du visage de Mélissandre et pareille au velours d'un pétale de rose.

- Il est préférable cependant de nous séparer en plénitude d'amour, plutôt que d'y être obligé par l'affadissement de celui-ci, reprit-elle. Tu vois, je n'ai trouvé que cette échappatoire pour moins ressasser les regrets. En réalité, mon cœur n'oubliera jamais ce merveilleux amour et je sais que nous ne nous serions pas lassés l'un de l'autre. Un sentiment de cette qualité est rare, mon Florian adoré.

- L'osmose entre deux personnes est en vérité de l'ordre de l'âme. Ainsi, la nôtre était inévitable, ma chérie.

- Sans toi, je n'aurais jamais accompli cette expérience sublime par laquelle mon autre moi-même s'est révélé et qui fait aussi que je me sens différente aujourd'hui.

- Quant à moi, je souhaite te remercier pour cet humble et authentique don de toi. Sans le savoir, tu as magnifiquement œuvré pour le Seigneur.

- Mon seul mérite aura été de t'aimer. Je ne vois pas la moindre œuvre spirituelle dans cet acte.

- Prochainement, tu saisiras mieux ce que je viens de te dire, prophétisa-t-il.

- Cela ne m'aurait pas déplu d'être ton élève, Florian.

- Ma mission sur cette Terre ne consiste pas à enseigner mes semblables. En celle-ci réside une particularité bien plus subtile.

Elle ne se hasarda pas à le questionner derechef à ce sujet, certaine qu'il lui réitérerait ses précédentes réponses.

- Mélissandre, voici un secret qui montre que Dieu m'avait vraiment mis à part ... je suis stérile.

- Tu n'es pas le seul homme dans ce cas. Le fait d'être stérile ne conduit pas nécessairement vers un chemin spirituel.

- En ce qui me concerne, c'est dans l'ordre des choses.

- C'est-à-dire ?

- Vois-tu, si j'avais été fertile, ma nature encline à l'Amour m'aurait incité à fonder une famille, puis à être un mari et un père exemplaires. Je me serais donc désintéressé de ma mission, sauf que Dieu œuvre avec perfection et grandeur.

- Depuis quand le sais-tu ?

- Depuis l'âge de vingt ans environ.

- J'imagine que la nouvelle de cette incapacité t'a obligé à un travail sur toi-même. Car tu ignorais, bien sûr, ton destin et la nécessité de ce dévouement à l'époque.

- Autant qu'il m'en souvienne, cette réalité ne m'a pas réellement perturbé.

Elle le regarda sans mot dire.

- Par conséquent, je n'aurais pu te permettre de réaliser ton bel idéal familial, ajouta-t-il.

- Il m'aurait suffi d'être avec toi, mon amour. Pour ce qui est des enfants, il existe d'excellentes techniques actuellement et, en dernier ressort, l'adoption. Notre capacité d'Amour aurait été une bénédiction pour des enfants orphelins.

- J'aimerais que tu n'entretiennes pas de vains regrets, mais le souvenir d'un amour sans pareil, ma Mélissandre.

- Je n'ai pas un mental aussi bien trempé que le tien.

- Je prierai chaque jour le Tout-Puissant de te soutenir.

- Florian, emmène-moi une dernière fois dans ce jardin de plaisir et de félicité dont nul, mieux que toi, ne connaît le chemin.

Ils s'aimèrent fougueusement, une volupté charnelle qu'ils avaient appris à transcender ... de façon à communier ensuite dans le giron de l'Amour.

-2-

Au réveil, Florian inonda Mélissandre d'un flot de tendresse. Il se faisait un devoir de compenser le chagrin qu'il lui infligeait. Le visage angoissé de sa chère et tendre le contristait. Elle lui confia avoir passé une nuit quasiment blanche à réfléchir sur tout ce qu'ils s'étaient dit, puis elle lui annonça la décision qu'elle venait de prendre.

- Laisse d'abord mûrir cet appel de ton moi intérieur jusqu'à ce que cela te devienne une évidence, conseilla-t-il.
- Le fort désir d'aller vers une autre vie est à mon avis un signe suffisant.
- Donne-toi encore un peu de temps, Mélissandre. Cette intention de vendre tes biens me semble prématurée et irréfléchie.
- Non, Florian. Je me sens prête à effectuer ce dénuement. En fait, cet amour impossible a suscité en moi l'envie de me consacrer aux autres. Tu vois, notre relation n'aura pas été inutile ; puisque j'ai découvert ma destinée grâce à elle.
- J'ai l'intime conviction que, tôt ou tard, tu aurais entendu le murmure de ton âme. Mais, dis-moi, tu parlais hier de faire seulement une retraite pour te trouver. Cette intuition t'est donc venue dans la nuit.
- Tout à fait. J'ai eu cette conviction au réveil après m'être endormie un bref moment.
- Finalement, ton cœur empli d'Amour a ouvert cette porte.
- Grâce à toi, mon Florian. Tu m'as initiée comme un maître le fait avec un disciple.
- Il ne s'est agi que de la communion de deux âmes destinées à connaître cette expérience magnifique. Pardon pour cet hermétisme, Mélissandre.

- Mon amour, tu seras toujours avec moi à la façon d'un guide invisible.

- Mon petit ange adoré, je t'aime tant.

- Et moi donc, mon Florian chéri, répondit-elle en se blottissant contre son corps.

- Dieu miséricordieux, aie pitié de moi, murmura-t-elle.

Florian posa ses lèvres sur les joues mouillées de Mélissandre, regrettant son impuissance à guérir ce cœur souffrant.

Chapitre 10

Une silencieuse promesse

Florian regardait Mélissandre s'apprêtant à monter dans le taxi. Le ronronnement monotone du moteur chargeait le calme de cette heure très matinale d'une note lugubre. Comme elle scrutait la fenêtre de son magnifique regard clair, il lui vint le fol désir de l'ouvrir brusquement, puis de crier : « *Mélissandre, attends-moi !* » Mais une force, toujours la même, l'en dissuada. Cette nécessité de refuser l'amour de cette femme pour obéir à une injonction occulte constituait une dure épreuve ; car elle l'obligeait à sublimer sa pauvre humanité.

La main sur la poignée de la porte de la voiture, Mélissandre sentait que Florian se tenait derrière le rideau à l'observer. Elle nourrissait l'espérance insensée qu'il allait finalement préférer un vrai bonheur avec elle à une mission aléatoire. En réalité, sa propre âme admirait l'abnégation de cette autre. Tandis qu'elle pénétrait dans le véhicule, elle essuya discrètement les larmes sur ses joues.

Le taxi démarra. Tous deux pourraient à jamais puiser dans l'inextinguible force de cet amour, lequel lierait à jamais leurs êtres.

Table des matières

Dépôt légal : Avril 2023

© 2023, François de Calielli

Imprimeur et éditeur :

Édition : BoD – Books on Demand, info@bod.fr
Impression : BoD – Books on Demand,
In de Tarpen 42, Norderstedt (Allemagne)
Impression à la demande
ISBN : 978-2-3224-7237-6